本书为

浙江大学宁波理工学院商学院"一化三型"创新创业人才培养工程教学成果

丛书编委会

主　编　肖　文
副主编　樊丽淑　林承亮
编　委（按姓氏拼音为序）

陈　恩	丁　宁	董新平	冯　艳	傅晓宇	郝立亚	洪　青
姜丽花	李成刚	李荷迪	李雪艳	林建英	刘　彬	刘冬林
刘吉斌	刘　平	娄赤刚	马　翔	潘冬青	覃美英	邵金菊
孙伍琴	滕　帆	王传宝	王　培	吴新林	肖　玮	谢京华
许为民	张　炯	张　腾	周春华	朱孟进		

高校"创新创业"人才培养践行记

主 编 肖 文

经行天下
——职场翱翔篇

李雪艳　张　跃　李艳丽　编

ZHEJIANG UNIVERSITY PRESS
浙江大学出版社

图书在版编目(CIP)数据

经行天下：职场翱翔篇/ 李雪艳，张跃，李艳丽
编.—杭州：浙江大学出版社，2017.8
ISBN 978-7-308-17281-3

I.①经… Ⅱ.①李…②张…③李… Ⅲ.①新闻报道—
作品集—中国—当代 Ⅳ.①I253

中国版本图书馆 CIP 数据核字（2017）第 198764 号

经行天下——职场翱翔篇

李雪艳　张　跃　李艳丽　编

责任编辑	杨利军
文字编辑	仲亚萍
责任校对	沈巧华　闻晓虹
封面设计	项梦怡
出版发行	浙江大学出版社
	（杭州市天目山路 148 号　邮政编码 310007）
	（网址：http://www.zjupress.com）
排　　版	杭州林智广告有限公司
印　　刷	杭州杭新印务有限公司
开　　本	710mm×1000mm　1/16
印　　张	14.25
字　　数	249 千
版印次	2017 年 8 月第 1 版　2017 年 8 月第 1 次印刷
书　　号	ISBN 978-7-308-17281-3
定　　价	42.00 元

序

　　创新创业是深化高等教育教学改革、培养学生创新精神和实践能力的重要途径，亦是践行"大众创业、万众创新"来促进高校毕业生充分就业的重要措施。大学生更好地创新创业，关键是要具有创新创业的知识、能力、智慧和本领，核心是要具有独立思考能力、创新创业能力、社会担当能力和协作精神。为此，浙江大学宁波理工学院商学院始终把创新创业教育贯穿于人才培养的全过程、渗透到教育教学的各环节，促进人才培养模式创新，加快培养更多知识、能力、素质协调发展，富有创新精神，勇于投身实践的创新创业人才。2013年，我院以实践创新为基本依托，制定了学院创新创业教育改革实施方案，全面开启了"一化三型"创新创业人才培养工程，即"应用型、复合型、创新型和国际化"，初步建成了有机融合、联动高效的创新创业教育工作机制，形成了配套完备的运行制度体系，打造了一批创新创业教改项目和重点实践项目，使创新创业教育理念真正融入人才培养全过程，从而更有力地接受社会赋予的使命。该工程以课堂教学为基础，拓宽学生理论视野；以学科竞赛为抓手，促进学生团队协作；以暑期实习为支点，提高学生实践能力；以境外游学为载体，丰富学生人生阅历，拓展学生国际视野，培养学生国际化、多元化的文化理念和思维习惯。通过"践行悟道"，力争培养"品德高尚、知识广博、专业精深、知行合一"、具有国际视野的创新创业优秀人才。

　　实践是认识的来源和发展的不竭动力，商学院各专业通过实践教学体现创新创业教育，形成了专业实习与实践、境外深造与游学、职场翱翔与创业三个层面的实践教学创新成果。这是商学院教书育人的"品牌活动"，亦是学院教学实践改革的有益探索。本丛书记载了"一化三型"创新创业人才培养工程的主要成果，记载了商学院各专业学生在学习、工作和创业方面的感悟、体会等，从学生的"悟道"体现实践教育的重要意义。

"十年树木，百年树人"，人才培养是立校之根本。"一化三型"创新创业人才培养工程紧跟当前经济发展形势，从需求和供给两方面出发；把握当前创新创业人才需求，改革人才培养供给体制；以课堂教学为基础，以实践教学为抓手，培养学生创新创业能力。从工程实施效果来看，有四点经验值得肯定。

第一，重视实践教育，专业建设"特色更特"。专业建设不仅需要校内课堂，也需要社会课堂，只有两者结合才能使得学生具有全局意识。"纸上得来终觉浅，绝知此事要躬行。"学院加强课堂教学与社会实践对接，以暑期社会实践、企业认知实习等为"助攻"，积极鼓励学生"走出去"，参加社会实践等活动，培养学生实践动手、团队合作等能力；加快将企业"引进来"，让更多的企业能够融入课堂，为课堂教学提供实践场所。

第二，组织学科竞赛，品牌活动"亮点更亮"。电子商务等专业通过"调研、竞赛、创业"三驾马车，来打造专业实践教学改革、实践能力塑造、实践人才培养的教学体系。在此过程中，学科竞赛起到承上启下的桥梁作用，既能使学生将课堂所学应用于实践，又能为其将来的职业发展提供新的想法、打下扎实基础。所以，在实践教学体系构建过程中，应当充分关注"挑战杯""电子商务大赛""职业规划大赛"等特色活动，打响系列竞赛活动品牌。

第三，鼓励学生创业，人才培养"优势更优"。电子商务等专业紧跟当前经济形势下的人才需求，积极调动学生创业兴趣，以更好地满足市场对人才的需求。人才培养应当把握当前人才需求现状，尤其注重现阶段紧缺的创新型、创业型人才的培养。学院通过开设创业指导课程，帮助学生联系相关机构，为学生创业提供咨询服务，激发学生的创业热情和自信，使得专业人才培养优势更为明显。

第四，突出"两化"融合，国际视野"广度更广"。"一化三型"创新创业教育应当突出特色化与国际化相融合的特点，培育具有国际视野的未来领导者、创新者。学院通过推动建设境外交流平台，鼓励学生"放眼看世界"。通过游与学相结合，增学识、长见识、开眼界，与原本的教学形成互补，使学生自觉加强国际意识，主动参加国际化学习活动，不断增强自身国际竞争能力，促使学院创新创业教育的国际化水平"提速增效"。

肖 文

2017 年 3 月 15 日

前　言

　　国际经济与贸易专业是浙江大学宁波理工学院最早成立的经济学类专业之一,该专业依托区域经济学重点学科与三大研究平台(宁波市现代服务外包研究中心、宁波市电子商务研究院、宁波市金融研究院),致力于培养具有扎实的专业理论基础知识,能熟练运用英语,掌握国际贸易通行规则,精通现代外贸业务,具有国际视野和创新精神的高层次应用型、复合型、外向型国际经贸人才。办学 10 余年来,累计向社会输送国际贸易类人才 2000 多名,除国内读研和出国深造外,国际经济与贸易专业毕业生的就业去向主要集中在各类外贸公司、货代公司、服务外包公司、银行、证券公司、投资公司、三资企业以及政府部门,还有少量毕业生选择自主创业,经营文化传播、新技术研发与推广、电子商务运营等各类企业。

　　国际经济与贸易专业毕业生在以上就业领域施展才能,驰骋职场,表现出色。《经行天下:职场翱翔篇》主要讲述了国际经济与贸易专业毕业生在外贸公司、投资公司、银行、货代公司等用人单位的工作情况、职场感悟以及对在校学弟、学妹的寄语和期望等。本书由该专业在读学生通过与毕业生的面对面访谈形成采访稿件,经指导老师多次修改汇集而成,集中体现了国际经济与贸易专业毕业生在职场上努力拼搏的精神、积极上进的心态、合格的专业素养和良好的社会心态。在读学生在采访中,不仅学习和锻炼了沟通技巧,更近距离体会了职场精神和职场的基本要求,为今后的专业学习提供了前瞻性的指导,颇具启发和借鉴意义。

《经行天下:职场翱翔篇》从设计之初就发动了国际经济与贸易专业全体教师参与策划与指导,号召全体学生参加,先后花了近一年的时间,从而达到在专业实践教学建设和应用型人才培养过程中教师与学生共同提高的效果。本书的出版,是国际经济与贸易专业实践教学的重要成果,本书也将成为在读学生职业生涯规划和就业选择的重要参考。

李雪艳

浙江大学宁波理工学院商学院

2017 年 3 月 15 日

目　录

做最坏的打算，做最多的努力
——访宁波市公安局江北分局警察卢腾

文/图：徐煊斐　曹慰欣
指导老师：樊丽淑

卢腾，浙江大学宁波理工学院国际经济与贸易专业2010届毕业生，现在是宁波市公安局江北分局的一名警察。卢腾学长大四时，选择报考公务员行政干警，通过参加培训班，半年后取得了第一名的优异成绩。成为一名警察是卢腾自小的梦想，他认为，实现自身最大价值的方式就是投身于社会，奉献自己，为人民服务。

初识印象

一见面，卢腾就给人一种平易近人的感觉。虽然当时出警回来，急急忙忙地来接受我们的采访，但是对我们的问题他都认真细心地回答，毫不马虎。卢腾的爷爷是名老师，知书达理，尽管爷爷在他幼年的时候就离开了，但给他的成长带来了深远的影响。儿时爷爷的一句"一顿饭钱就可以买到别人可能整个一生的心血"深深地烙印在他的脑海里，那时年幼的他还不明白爷爷这句话包含着的朴实而深刻的道理，如今随着年龄的增长，他渐渐地懂得了爷爷的良苦用心。大学时卢腾就读于国际经济与贸易专业。为了掌握现实社会中需要的各种技能，更好地规划好、利用好大学的资源和时光，也为了学会独立思考，卢腾很多时间都选择在图书馆看书。古代诗人陈寿说，"一日无书，百日荒芜"。长期读书的习惯不仅让他在书中寻找到了自我，感到愉悦，而且培养了他的逻辑能力,做事情的专注力和接受新事物的能力。读书不为黄金屋,也不为颜如玉,只为开辟自己的一片天。我们能从卢腾的谈吐中感受到他的文学功底。

实现梦想

大四那年,卢腾参加了公务员行政干警的考试,圆了儿时的警察梦。刚踏入这个行业时,他对警察只有"人民警察是正义的化身"的简单概念,殊不知警察并不是自己想的那么简单,工作中有委屈、有气愤、有不甘,也特别累。当一名警察需要的是

采访卢腾(左一)

来自内心的信念,需要的是坚持和强大的内心,同时也需要保护好自己。说到这儿,卢腾给我们讲了一个小故事,他的一个朋友干刑警七年,一次带着队伍去抓毒贩,现场发生枪战,朋友开了十几枪,毒贩也随之开枪。当时朋友冒着生命危险,狂奔几百米把毒贩制服,而那时他的孩子才两个月大,这是正义和亲情的抉择。当然,每一名警察都有血有肉有家庭,而让警察甘心付出以换取人民安定的就是警察的责任与使命。

卢腾认为,新时期社会发展日益加快,社会矛盾愈发明显,干好公安工作就要不断加强学习,提高自我才能,增强办事能力,同时还需增强团队精神。一个案子经常是一个团队在一起努力,有事情需要帮忙,就算在凌晨接到电话,也会马上到岗。卢腾说:"正义感,是最不明显却又确实藏于心底的动力。当我融入警察这个集体的时候,我才真正领会到做一名人民警察意味着什么。从优秀民警的身上学到的不仅仅是知识,更重要的是他们的人格魅力和奋发向上的精神;优秀的精神和品格会影响和感动一个人的一生,这就是我视人民警察这个职业为我终身职业的重要原因。"

绿叶无悔地扑向大地,是报答泥土芬芳的情意;鲜花无悔凋落于风雨,是因为它曾有一段美丽的生命。作为公安一线的警察,在穿上警服那一天,好像有一个无形的警钟敲醒了他们,告诉他们,这份工作给他们带来了无上光荣与自豪。相信每一个穿上警服的人,都不会后悔当初的抉择,因为这是由泪水和喜悦,责任与骄傲铸成的,更是代表了最初的梦想和为人民奉献的伟大理想。

🌐 家庭生活

还未见面,我们就从卢腾的微信朋友圈知道他有一个幸福的家庭,有善解人意的妻子和活泼可爱的儿子。一家人有空就会出去走走,卢腾也一有时间就会陪儿子玩耍。由于卢腾的职业比较特殊,加班备勤很多。开始时,家人会有些不理解,但是后来也都会体谅了,毕竟是公安工作,不能和其他朝九晚五的工作相比。

赛车比赛

生活中,卢腾认为自己是个简单的人,喜欢篮球,喜欢赛车。说到篮球,卢腾有说不完的话题。科比是他的偶像。大学时,只要一有空就会和室友一起打篮球,打到篮球场上没人了,才肯去食堂吃饭。开赛车也是他的一大爱好。舒马赫一直是他所崇拜的人。舒马赫是德国一级方程式(F1)赛车手,当代最伟大的 F1 车手之一,在他头 16 年的职业生涯中,几乎刷新了每一项纪录,总共赢得七次总冠军。辉煌的成就需要付出许多努力和集中全部精力。但只要他还能在赛车中得到乐趣,他就会继续比赛,并且继续刷新纪录。这是卢腾所敬佩的地方。卢腾在家人的支持下买了跑车,他很感激家里人能理解并支持他的爱好。卢腾也跟我们分享了很多比赛的照片,让我们大开眼界。除此之外,卢腾也喜欢忙里偷闲,有时间便出去旅游,他不仅喜欢赛车的刺激,也喜欢山水的静谧。

　　对于孩子的教育问题，卢腾有自己的看法。他觉得对于三四岁的孩子来说，兴趣是最重要的。因为卢腾自己喜欢篮球和赛车，在儿子的爱好方面，也更多地往这两方面发展。他给儿子买了很多玩具汽车，带儿子玩篮球。儿子也十分喜欢，兴趣与老爸相投。他希望自己的孩子能在兴趣的海洋里快乐地成长。

卢腾的儿子

　　在与卢腾一个小时的访谈中，我们看到了一个有想法，有正义感，且会感恩的人。作为一名父亲，他懂得陪伴，懂得培养，是一位慈爱的父亲。作为一名丈夫，他懂得感恩，感谢妻子的理解与支持。而作为一名警察，他恪尽职守，

旅游中

时时刻刻准备着为人民服务,毫不抱怨,忍耐坚持。有人说,警察意味着吃苦,意味着流血流汗,意味着牺牲,意味着太多的付出、太多的被人误解;而对于卢腾来说,警察是无怨、无悔、无憾的选择。"坚以立志、诚以待人、持以大成"是卢腾的从警之道。

学长寄语

大学四年其实是人生中最美好的四年,但是如果你想得到一些从未得到过的东西,那么你就要去做一些从没做过的事情。专一去做你所追求的事,不懈地努力、自省、自勉,为了那个自己设定的目标,一直坚持下去,不达终点,绝不放弃。大学教育体现的是"三自教育",即自我教育、自我管理、自我成长,在大学里你必须自己决定你的生活,所以一定要不忘初心,坚持自己的梦想,好好利用大学四年的时间。不论是重在学习,还是重在兴趣,只要不浪费时间,只要是你自己觉得值得去付出的事情,都要毫不犹豫地走下去。之后走上社会可能会面对许多不公平的事情,不要抱怨,去努力地奋斗,争取最适合你自己的公平。美学家朱光潜说过,"人生本来就是一种较广义的艺术,每个人的生命史就是他自己的作品"。人生短暂而美好,大胆地追求自己喜欢的事,去拼搏去争取,尽自己所能做到最好。做最坏的打算,做最多的努力。

采访后记

通过对卢腾的采访,我们对警察这个职业有了更多的了解。秉着为国安宁和为民安定的使命,警察注定要面临"高危险、高责任、高负荷"。公安机关按照"勿以善小而不为,勿以恶小而为之"的古训谨慎前行,积小善为大善,在推进法治建设上贡献着自己的力量。

卢腾也给了我们很多有关大学生活、学习的建议。首先,要大胆追求自己喜欢的事物。即使这些事物不一定对人生道路有多大帮助,但是一定要坚持自己所爱的人与事。青春就是用来疯狂的,有些事现在不做,也许以后就再也没机会了。其次,好好学习,必修的专业课要好好掌握,为之后的工作打基础。最后,做一个会感恩,懂回报的人。

　　人生如白驹过隙，忽然而已。从卢腾的身上我们看到了一个为梦想奋斗的身影。确实，"有志者，事竟成，破釜沉舟，百二秦关终属楚；苦心人，天不负，卧薪尝胆，三千越甲可吞吴"，在这个拼搏的年代，每一个人都应该有自己的目标，只要我们坚守自己的信念，有信心，有耐心，脚踏实地地朝着梦想前进，一步一个脚印，自然就能成功攀登人生的高峰。

做好自己，活出精彩

——访宁波圆通中柏进出口有限公司总经理助理陈如莹

文/图：王佳丽　陆怡

指导老师：樊丽淑

陈如莹，浙江大学宁波理工学院国际经济与贸易专业 2015 届毕业生，现任宁波圆通中柏进出口有限公司总经理助理。陈如莹在大学时进入宁波圆通中柏进出口有限公司实习，毕业后，正式进入该公司任采购主管，2016 年 1 月升职，任总经理助理。陈如莹认为，在大学生活中，很多人都会迷失自己，会跟着别人做选择，迷迷糊糊过了几年大学生活，到最后才发现，自己得到的并不是当初追逐的那些。不管在什么时候，找到目标，保持初心，选自己想选的，做自己想做的，做好自己，活出精彩。

🌐 初识印象

第一次与陈如莹学姐交谈是在微信上，起初我们显得有些不安，但是从和学姐的交流中，我们能体会到学姐非常平易近人。她总是能及时回复我们，即使有事，也会表达她的歉意，并且经常为我们着想，见面地点由我们定，也是为了我们方便，这使得我们的不安慢慢消散，取而代之的是即将要见面的期待。

后来，到了见面的那一天，我们发现陈如莹学姐如我们想象的那样，是个温柔又能干的大姐姐。她将一头长发编于脑后，身着一件白色波点的藏青色连衣裙，穿着中跟的黑色小皮鞋，整个人装扮简单，却又不失干练。她有着一双动人的大眼睛，看起来神采奕奕。说话时微微笑的样子，大大的眼睛又弯成月牙形，像一座桥。待一落座，学姐便向我们做了自我介绍，大方又得体的样子,让我们可以想象她工作时的状态,我们似乎已经能知道她为什么这么受上司的器重了。

🌐 大企业还是小公司

我们问陈如莹学姐:毕业生们普遍面临就业选择问题,究竟是选择大企业还是小公司呢?学姐以她的亲身经历告诉我们,那时候的她初生牛犊不怕虎,也有着十足的热情,通过学校知道了公司电话,就直接去公司进行面试,一开始只知道是做母婴类产品的,其他信息一概不知。说到这里,她还提醒我们,在去公司面试之前还是了解一下公司为好,这样可以提高面试通过的概率。陈如莹学姐进的是一家刚成立没多久的小公司。她的老板也很厉害,浙大毕业,从国外读书回来就自己创立了一家公司,带着她们这群人开始组建公司架构。刚开始不是分工明确地各自工作,而是整个团队互相合作,互相帮助,完成一个任务。老板对她们很好,坦诚相待,虽然会有员工自己摸透整个工作流程带走客户单干的风险,但是老板并不介意她们互相合作,这使得她们几个月下来学到了丰富的知识。在工作中学习,让陈如莹学姐自身的业务技能也得到了很大的提升。最后,学姐总结说,从她的切身体会来说,小公司的

采访陈如莹(右一)

岗位划分并没有那么分明，并且由于公司的小规模，做的工作也是多样的，不会像大公司那样枯燥乏味，就像是流水线一样。学姐还说，小公司给她的机会很多，她很感谢她的老板，让她们能够有提升自己的机会。这样与公司一起成长，使得一个不成熟的团队变成一个成熟的团队，不仅仅提高了她们的业务水平，还使得她们变得更坚韧。

如今她所在的这家公司已经渐渐成为一家规模不小的公司，而她也成了元老级别的人物，现任总经理助理，帮助老板处理事务，我们相信这对于一个毕业才一年多的职场新人来说，是一个不小的成就。

🪐 校园生活

校园生活要怎样才够精彩，才不会让自己虚度光阴，才能对以后踏入社会有用？就这个问题，陈如莹学姐向我们讲述了她的大学生活。宁理的学子都应该知道，大一新生刚入学时一定会面临加入哪个社团的问题，有些同学是早有目标的，有些同学却是迷茫的，后者往往会想着加入一个热门社团，也许这样会显得入流。但是陈如莹学姐并不这样认为，她选择了一个极其冷清的社

和同学们的毕业留影

团,那就是陶艺社团。她讲道,当时那个社团门可罗雀,但是她认为这个社团是个能够修身养性,能够让人安静下来、理清思绪的地方。所以热不热门并不重要,真正适合自己才是最重要的。

旅游中

我们问学姐:兼职是不是浪费时间呢?对这个问题,学姐说这是一个没有固定答案的问题,每个人追求的东西都是不同的,我们必须要用辩证的思维去看待它。在陈如莹学姐的大学生活中,她有过很多份兼职,图书馆和家教是她最为喜欢的两份兼职。她说,做兼职是提前踏入社会,体验生活,能够见到形形色色的人,也能遇到和自己性情相投的人,交到很多的朋友。与此同时,兼职也能磨炼一个人的意志,因为兼职环境总是比学校更为困难。最让我们羡慕的就是,陈如莹学姐很独立,她喜欢用兼职赚来的钱去世界各地旅游,她一个人去过云南、西藏等地,世界这么大,她靠着自己的努力出去欣赏了这个世界。

说起学姐做过的事情,那还真是不少。她说,她曾经在学校路边卖过手机壳,那时候很流行带钻的手机壳,一天下来,她能赚上一百块钱。我们相信,这样的兼职经历,对她之后的工作发展,一定起了不小的作用。

英语至关重要

学姐是从事外贸工作的,做国内外商品销售的生意,常常要用到英语。刚开始工作时,接触的都是一些浅显易懂的商务英语,她还能应付过来。可随着职位的升高,英语显得越发重要。听学姐讲述,经常会有外国客户来公司谈生意,尽管外国客户会带翻译,但是自己常常口不能答也显得非常尴尬。老板也曾要求她必须过了英语这关,了解外国的商品、交际、邮件往来等,都是依靠英语。听她说起来,学英语也是比较痛苦的,天天下班后回到家里背单词,听录音,好像回到了上学的时候一样。

我们想,若是我们现在不好好把握学习机会,认真学习英语,以后进入社会,恐怕是寸步难行。

劳逸结合

在工作之余,丰富自己的生活也非常重要。学姐说,她很羡慕自己的朋友有多余的时间可以去健身,锻炼身体,而她却经常忙于自己的工作,没有空闲的时间可以去做其他事情,这让她非常困扰。劳逸结合在工作中是很重要的一点。一味的工作或是一直游玩都是不利于个人发展的,只有劳逸结合,才能使自己更好地发展。

放下从前的自己

学姐说,工作的时候需要放下从前的事情。不论之前在学校的时候自己有多优秀,组织过多大的活动或是参加过多少比赛,到了新的工作环境,就是一个新的开始。做什么都要抱着一颗学习的心去体验,绝对不可以把自己以前的优越感带到工作中来,要虚心学习,接受他人的意见,然后一步步地提升自己。她说,她见过有很多人就是无法放下曾经的自己,而在工作生活中被社会淘汰。这些人只觉得是别人不给自己机会,却不从自身找原因,只是觉得自己之前很厉害,现在就该多受到别人的赏识,所以我们一定要学会放下从前的自己。

陈如莹(右)旧照

学姐说工作中的机会要自己争取,做事勤快一点,仔细一点,牢牢抓住每一个机会,丝毫不能松懈。尤其是在越重要的岗位,这点就显得越发重要。

学姐寄语

　　大学的学习和生活丰富多彩,进入大学后,自主学习时间增加,生活上也要求独立了,由有人管的他律变成了无人管的自律,每天的学习和生活都得靠自己安排。你们要对自己有全面的认知,掌握自己的兴趣、特长,对自己的学业和职业生涯做出科学的规划,制订四年的总目标和阶段性目标。大一是适应期,有效调整自己,参加社团和各类活动,全面锻炼、提高自己,尽快适应大学学习和生活。大二是通识教育期,要学好英语、政治、计算机基础、高等数学等基础学科,为考研、深造、就业打下良好基础;同时,还可做些社会兼职工作,积累一定的工作经验和社会经验。大三是专业学习期,应重点学好专业知识,同时也可学习相关学科知识,拓展自己的知识面;积极参加社会实践活动和校园文化活动,提高动手操作能力和分析判断能力。大四是实习就业期,要参加实习实训,了解各种用人单位招聘信息,学习掌握各种面试、考试技巧,积极参加各种人才交流会,了解社会,推销自己,为顺利就业或考研做最后冲刺,把自己培养成一个合格的社会公民,顺利毕业、就业。

　　对大学充满期待和希望的大学生们,只要你们全面了解大学,了解自己所学专业,了解自己,了解大学的学习和生活,科学规划,勤奋学习,踏实做人,朝着自己的既定目标一步一个脚印,务实进取,四年的大学学习和生活就一定会给你们一个满意的回报。

　　最后衷心祝福每一位学生都能在大学的四年时光里,找到自己,定位自己,提升自己,以最好的姿态顺利毕业,找到适合自己的工作。

采访后记

　　陈如莹学姐是个很爱笑的人,平易近人,很配合地回答我们的问题,用自己最直接的感受给我们最真挚的建议。她很享受生活,她常常会做自己喜欢的事情,对生活总是充满热情,并且通过自己的努力,脚踏实地地前进,每一天都在超越自己,修炼自己,成为更好的自己。学姐现在的成绩都是自己打拼出来的,虽然对于自己受过的苦会轻描淡写地一带而过,但是我们能想象到其中的艰辛,我们在这里也要祝陈如莹学姐前程似锦,一切顺利!

初生牛犊不怕虎
——访宁波天超电器有限公司外贸跟单员陈艳

文/图：黄章雕　熊天超

指导老师：樊丽淑

陈艳，浙江大学宁波理工学院国际经济与贸易专业2011届毕业生，现为宁波天超电器有限公司外贸业务跟单员。在校时曾任学生会干事，英语四六级皆以高分通过，工作后因其熟练的沟通技巧被公司看中，负责公司与国外贸易公司的沟通与合作，在贸易合同签订后，依据合同和相关单证对货物加工、装运、保险、报检、报关、结汇等部分或全部环节进行跟踪或操作，协助履行贸易合同。举止文雅，性格温和，内心强大，是我们对她的第一印象。

迎难而上

"初生牛犊不怕虎"出自《庄子·知北游》："德将为汝美，道将为汝居，汝瞳焉如新出之犊，而无求其故。"用这句话来形容目前的陈艳最为恰当。陈艳虽然从事这份工作的时间短，但是面对各种工作上的问题，她不逃避不害怕，勇敢地去克服它们。

陈艳强调，一个人一生难免会犯很多的错误，那么把握犯错误的时间很重要。一个人犯错误的时间是越早越好，越早，那么犯的错误就越容易被人原谅；所以不要怕犯错误，勇于去承担那些难的工作，今天犯过的错误会让你从此以后提高警惕，不会再犯同样的错误。为此，她给我们分享了这方面的体会。她说，人在职场，会遇到很多风格迥异的领导，比如他给你交代工作后，却不和你讲清楚完成这项工作的重点和思路，要你自己去悟，或者他只说这件事情你看着办吧,其实这些都很难办。这样就会出现一个很明显的问题:判断过错的主动权直接掌握在他的手里了。她也遇到过这样的领导,一开始不懂行,以为领导放权,她就放手去做了,结果可想而知;后来她学聪明了,既然无法判断这个领导的意图,她就想方设法向其请示,让他说出工作思路和重点,应该如何去完成。

任务的及时反馈非常重要,陈艳现在就经常变换着角度去考虑这个问题。她说,很多任务领导交代下来你很容易就完成了,会想当然地以为这么简单的事情就不用去汇报了,领导知道如果员工完不成肯定会向他汇报的。这个想法非常不妥,领导对于交代下去的工作一般都希望有个反馈,成或不成,有没有其他的新问题;你不反馈,领导会记着,却又担心下属会觉得自己沉不住气而不去问。所以要学会换位思考。等到领导主动问结果时,他即使没说可能也是在责怪你了。

团队合作

说到团队合作的问题时,陈艳强调,一个团队是为了完成一个特定的目标而组建的,那么评价这个团队的最重要的标准就是目标是否完成了。她说,一个团队就是有差异的成员的混合体,个人力量再大也不能离开团队其他人的

工作中

支持。她认为一个团队经过一段时间的磨合，一般会形成一个团队的性格，那么伴随而来的就是或多或少的不协调，毕竟，大家都是需要磨合的。那些不适合团队的人自会离开，留下的人应该改变自己去适应团队的性格，这样才能组成一个高效的团队。学姐强调，如果团队中有人做事效率低下，本来一天可以做完的工作，非要拖到两三天，你就要强调出这项工作的急切性、迫切性和重要性，让团队成员有不惜一切代价，不管有多少问题或是理由，都必须按时完成的信念。在团队合作中，有些问题的发生没有先兆，到了最终阶段才显现出来，但是这时候出的一般都是大问题。对于这种情况，你要加强对工作的检查，多留心需要注意的事项，同时有意识地告诉自己去加强个人能力，整理工作经验簿，把每次的问题都总结出来进行分析解决，成为自己的经验。学姐还说，对同事、对上级、对下级，要多些理解、多些宽容，宽以待人，营造一个好的工作氛围。

🌐 工作感悟

学姐和我们分享了她的工作感悟。她说，作为一名外贸跟单员，首先，要熟悉客户的要货情况及其规律，如某个客户喜欢什么样的货，什么规格的，有什么特殊的要求，等等，这都是我们跟单必须了解并熟悉的。

其次，要深入了解产品知识，只有我们更好地了解我们的产品才能更有效地工作，减少一些低级的失误。如在一个集装箱里可以装多少箱苹果，以及这个集装箱内的温度和通风情况，这都是我们必须了解的基本常识。

再次，熟悉合同与指令，我们在签合同的时候，一定要与销售经理多沟通，如客户所要货物的规格、重量、金额和船期，

生活中

确保无误后再给客户发过去；在下指令的时候沟通也是尤为重要的，指令上

的每一项都要认真仔细地填写,因为公司的全体员工都是围绕我们所做的指令来工作的,所以不能有丝毫的失误。

最后,在确认单证方面,我们一定要了解单证对客户的重要性,在我们看来一个不起眼的错误到了客户那里可能是一个非常大的麻烦,甚至直接影响到客户的正常提货,所以也必须做到准确无误。当我们准备好客户所需的单证,在确认可以给客户发件时更要慎重,根据客户的付款条件,有的客户可以直接发件,有的客户则需要我们通过银行发件,在通过银行发件时我们需要出一份《出口托收委托书》交予银行,其间一定要将代收行和付款人以及托收金额准确无误地填写清楚。

学姐说,跟单这份工作是一份烦琐和辛苦的工作,工作量大,并且重复性工作多,对跟单工作人员的要求也很高:他们需要掌握产品知识、生产加工知识、单证知识、国际贸易实务,还需具备较强的综合分析能力、应变能力、协调能力、沟通能力以及较高的英语水平,不仅要会写,而且口语要过关,否则与客户的沟通就存在问题。同时,学姐强调,跟单的工作需要细心,还需要稳重,要做到这些,要在以下几个方面下功夫:一是要在基本功上多下功夫,将业务熟练掌握;二是要主动培养严谨细致的做事风格,无论面对什么样的事情,都要做到平心静气,不急不躁;三是要主动与销售经理、各个部门的同事沟通,做到不懂就问;四是要有锲而不舍的精神,对新入职的人来说,跟单可能是一件新奇的工作,但时间长了可能会产生厌烦的情绪,这是需要避免的,无论从事什么性质的工作,都是在发挥自己的作用,只有坚持不懈才能不断进步。学姐认为,只有这样,才能把跟单这份工作做好,才能不断提高自己的能力,从而为更进一步的发展打下良好的基础。

学姐认为,作为一名新人,在初涉阶段,首先要做到的是多向前辈及同事学习工作经验。她认为工作经验是极其重要的,学习工作经验能够帮助新人在工作中少走弯路,提高工作效率和工作质量。无论工作任务艰巨困难与否,都要做到坚持与用心。学姐认为,能够做到坚持与用心,是进行工作的首要条件,没有这个条件,谈何进行工作、谈何完成任务。同时,学姐认为,团队精神在工作中也发挥着很重要的作用,它就像是一种催化剂,使团体更好更快地完成工作任务。

凭借优异的内部环境和外部环境,学姐在逐渐地进步,现在已经融入了这个团队,融入了企业文化,虽然在工作上和自身能力上还有很多需要改进的地方,但是学姐认为假以时日,她一定能够超越自我,为公司贡献更大的力量。

学姐寄语

　　早睡早起,坚持锻炼身体,身体是学习的本钱,切不可经常熬夜,把自己的身体搞坏。多读书,充分利用图书馆的资源,了解自己的优势和劣势;减少自己的迷茫与无知。参加社团活动,锻炼自己为人处事的能力,多关注并聆听对自己有用的讲座,积极参加各类竞赛,丰富自己的业余生活,提高自己的综合能力,让自己更有资本。

踏实前行　筑梦人生
——访中国光大银行宁波分行优秀职员李立

文/图：陈巧霞　申屠思静
指导老师：樊丽淑

　　李立，浙江大学宁波理工学院国际经济与贸易专业2016届毕业生，现任职于中国光大银行宁波分行办公室的综合管理岗。在校期间获多项荣誉：宁波市大学生创业素质培训班第七期优秀学员，浙江省新世纪人才学院宁波分院第十五期优秀学员，浙江大学宁波理工学院凌云志青马班第七期优秀学员。活动经历非富：艾霏尔甜品店（大学生创业项目）落地负责人，校红十字会会员，校就业协会助理，校学生会办公室副主任，校学生会副主席。他爱好看电影、运动、爬山、旅游等各种活动，他相信一分耕耘，一分收获，人不可能一步登天。"合抱之木，生于毫末；九层之台，起于垒土；千里之行，始于足下。"

筑梦路上

　　"不积跬步，无以至千里"，成功一定是许多次的努力和无数的经验积淀换来的。第一次知道李立学长，是在校学生会的宣介会上，他作为校学生会的副主席来做宣传并回答我们的各种问题。当时他给我们的印象就是一位幽默但又踏实的学长，因为他回答每一位学弟学妹的问题时都带着笑容，会用很风趣但又简明扼要的话语回答。李立表示，自己是一位很重视交际能力以及自身技能提升的人，加入学生会的经历不仅让他交到了很多志同道合的朋友，同时一次次地组织各种活动、和他人的沟通交流也使得自己的能力大为提升。学习工作两不误，同时他参加了青马班等培训项目，不断提高自己的知识水平和能力，从而获得了宁波市大学生创业素质培训班第七期优秀学员、浙江省新世纪人才学院宁波分院第十五期优秀学员、浙江大学宁波理工学院凌云志青马班第七期优秀学员等荣誉。而且一直以来他都对自己的未来有规划，他在大学期间就开始重视创业项目的组织和参与，这不仅是他的兴趣所在，更是他为自己的梦想做的铺垫。

大学期间的校学生会合影

🌐 历练成长

我们了解到，中国光大银行成立于 1992 年 8 月，是直属国务院的部级公司，是经国务院批复并经中国人民银行批准设立的金融企业。光大银行是国内第一家国有控股并有国际金融组织参股的全国性股份制商业银行，要进入这家企业并在其办公室中担任重要的工作实在不容易。李立表示，刚开始工作时，因为身边的同事都是名校、高学历出身，总感觉低人一等，但是真正接触工作后就发现其实并不然。学历只是敲门砖，进入单位后一切从零开始，很多研究生在做一些事情时也会犯错误，所以真正的能力是自我培养出来的，要相信自己，在职场上讲究技巧，你并不比别人差。

在谈到找工作的经过和感受时，他苦笑一声说，这个过程真是痛苦与快乐并存,必须提前做好准备,比其他人更快一步,因为求职时和你竞争的是全国各地以及海外留学归来的高材生,一些好的岗位基本都是"211""985"学校的硕士,一开始压力确实很大。但是在求职的过程中,你可以清晰地认识到你自己想要干什么,擅长做什么。大四上学期他奔走于杭州、上海、宁波三地,经历了很多面试,也获得了 11 个工作机会,最终选择光大是他为自己制订的未来的职业生涯规划,第一份工作至关重要,决定了未来会往哪方面发展。

李立给我们提出建议:"刚进入单位的大学生往往太过浮躁,很多时候眼高手低。一定要放低自己,认真向前辈虚心学习。往往晋升最快的不是那些条件好的,而是进步最稳最大的人。"大企业的校园招聘往往在每年秋季开学时开始,到寒假期间基本结束,所以学弟学妹们要抓住大四上学期的校园招聘,它是让没有任何基础的在校生通过企业培养成长为企业中高层管理人员的捷径;通过社会招聘途径相对来说则会有先天性的劣势。同时在招聘时要明确自己的职业生涯发展规划,切不可乱投简历,往往毕业三年后工作才基本稳定,主要也是因为一开始没有找到适合自己的工作。在谈到如何和同事友好相处时,他表示不同人有不同的性格,但是有一点是互通的,一个和谐的部门,工作中的同事往往是生活中的朋友,这无关年龄。工作中难免会和同事产生纠纷,或意见不同或职能冲突,在条件允许的情况下多多沟通,绝不可说一套做一套,这是大忌。真诚待人一直都是他与人相处的原则。

我们关注到李立的微信朋友圈常会转发一些关于金融创业的时事新闻,就问他是不是对这方面感兴趣。他笑了笑表示自己对创业、资产运营方面一直都非常感兴趣,而且对宁波金融行业非常看好。宁波作为计划单列市,其地方的全国性股份制银行相较其他城市来说是一个比较大的平台,虽然因为结构固定,晋升看重的方面比较多,但是不可否认的是其人力培养体系非常完整。他对自己的定位有较清晰的认识,对未来的发展也有自己的规划,他希望在银行对公业务线上得到锻炼,然后往创业投资的方向发展。

工作中

🌐 生活阳光

　　谈完求职这个严肃的话题之后，我们开始和李立学长聊生活。其间为他拍摄办公中的照片时，他表示有点紧张，正襟危坐地让我们拍摄，同办公室的一位女同事一直笑，说从来没见他这么严肃过。可以看出他在工作之余一定也是个幽默风趣的人，而且跟身边的同事相处融洽。他的真诚待人不仅让他在工作中收获了好同事，还在生活中收获了好朋友。说起家人，他轻轻叹了口气说，工作后跟家人的相处更少了，因为单位离家较远，他往往会选择就近居住，有时候加班几个小时也是很正常的事情，不过每周他还是会抽出一点时间和家人度过。说完他又规劝我们，趁现在还有大把的时间能够跟家人相处，一定要好好陪陪他们。

旅游中

　　说到对生活的态度时，他显得十分轻松愉悦："我是一个比较爱玩的人，生活上也比较随性，喜欢尝试各种不同的新鲜事物，喜欢来一场说走就走的旅行，想到什么做什么。"一个人成不成功很大一部分还取决于他的态度，我们从李立的身上看到了很多积极向上的闪光点。他从不让枯燥乏味的工作占满生活的全部，工作之余，他一直坚持健身，出汗可以让他保持健康的体魄和清醒的头脑。同时他是一个喜欢冒险和旅行的人,大三寒假,他背了一个背包,一个人去云南游玩,结交了很多来自五湖四海的朋友,遇到了很多不可思议的有趣的事情。他表示旅行对他来说不仅仅是游玩而已,在旅途中还能学到很多东西,可以开阔眼界,让自己在面对很多困难的时候不会畏惧。之后我们又采访了他曾经所分管的部门的同事,他们对他的评价是"善良""沟通能力极强,能说会道""没有什么架子,非常好相处""工作能力强""对下属超级热心,做事考虑得很周全"。不管是作为学生的他,还是作为职工的他,都在用一种认真严谨的态度去对待工作和生活。

学长寄语

1. 学业。对很多人来说,大学是我们最后一次接受系统的教导的时期。在大学里,要尽力学好专业知识,因为这与我们未来的就业紧密相连。此外,课外知识的学习也十分重要。学海无涯,永远不要轻易满足于已有的知识,无论从事任何行业、位置高到何处,没有丰富的知识储备作为后盾肯定是不行的。

2. 实践活动,包括社团和实习。社团参加一两个就可以了。要学会合理安排生活。在选择社团方面,应加入与今后可能从事的行业联系较密切的社团,这样对学业的拓展和才能的提高才有帮助。不论参加哪个社团,最好从基层做起。在任何方面都不要过于自信,不懂就问,懂得谦逊才会学得更多。要多向别人学习经验教训和处事方式。另外,实习也很有意义。实习既是一次亲身体验社会的机遇,也是学习技能的机会。

3. 人际关系。人际关系的处理可能会影响一个人今后取得的成就。良好的人际关系首先需要诚信做纽带,只有你真诚待人,别人才会真心待你。其次要学会定位好自己,用平等的心态对待他人。此外就是要尊重老师和同学,以及学会关心父母和亲人。

我们的生活是自己的,每个人的人生都该自己去领悟。无论何时,都要给自己树立一个理想,永远怀抱希望,也许会有失望,但一定不要绝望。通往理想的路是遥远的,但它的起点就在我们普通的岗位上。

采访后记

　　通过对李立学长的采访，我们认识到职业生涯是一个人一生中职业变迁的过程，我们每个人从小到大接受的教育最终都是在为拥有一个畅通无阻的职业生涯打基础。这次的职业生涯访谈让我们认识到，原来我们对社会的认知这么浅显。我们明白了大学生活的重要性，任何一个专业的学习都不会是一条平坦的大道，我们唯有努力拼搏，不虚度大学时光，努力学好专业知识，在此基础上拓展自己的能力，将专业知识和实践相结合，才能在职业生涯中实现自己的价值。同时我们也进一步了解了社会的需求、职业的需求以及工作和生活如何协调。

　　李立学长还给我们提出了许多具有实质性的建议。他告诉我们刚进入单位不能太过浮躁，一定要放低身段，认真向富有经验的前辈虚心学习，因为往往晋升最快的不是那些条件好的，而是进步最稳最大的人。许多公司在招聘时，会重点考察大学生的求职心态与职业定位是否符合公司的需求。所以大学生在求职时，首先是要正直诚实。不管上司在不在场，都要认认真真地工作，踏踏实实地做事。学习能力和适应能力要加强，遇到问题要及时看到问题的症结所在，及时调动自己的能力和专业知识，迅速释放出自己的潜能，制订出可操作的方案。

　　其实大学生最需要提高的能力是沟通能力。现如今许多的公司运营部门都是分小组做事，所以沟通能力强就可以很好地与组员配合，实现团队合作。同时良好的沟通能力也能让我们更好地与客户交流，促进事业的成功。

　　如今企业招聘人才已经进入多元化，再也不是以前的要求名校、好专业、好成绩，企业更加注重的是综合素质。最受企业欢迎的人，一定是对工作敬业负责，拥有团队精神，融入团队，善于协作；做事积极主动，自主自发地工作，懂得在工作中注重细节，明白工作中无小事，想着把工作做得更好，甚至做到最好。人心其实是万事的原动力，有了端正的态度，任何事都可成！

脚踏实地才是真
——访宁波诺远资产管理有限公司投资顾问徐逸超

文/图：陈娇媛　杨悦

指导老师：姜丽花

　　徐逸超，浙江大学宁波理工学院国际经济与贸易专业 2012 届毕业生，现任宁波诺远资产管理有限公司投资顾问。大学期间，曾担任班干部，多次代表学院参加学校和宁波市举办的各种专业竞赛，并取得优异成绩。毕业后加入宁波诺远资产管理有限公司，凭借不怕吃苦、善于学习的精神，如今已成为公司里小有名气的投资顾问，并得到客户的好评。他坚信努力前行、善于创造和把握机会定会做出一番事业。

初识印象

　　经过多次的电话联系、沟通，我们终于和徐逸超学长见面了。采访时间定在某日下午，地点在一家很舒适的咖啡馆，我们提前到达该咖啡馆，等候学长。在等待他时，我们猜想学长应该是西装革履的样子，手拿公文包，来去匆匆，还有接不完的电话。待见面后，我们发现

徐逸超在演讲

学长长得很有精气神，很帅气，也很随和。

🌐 大学磨炼

　　学长首先跟我们分享的是他大学时期的磨炼，他说："大学是人生中的一个重要阶段，它让我们第一次离开父母到远方独自生活，它让我们第一次学会自己做决定，它让我们第一次学会规划自己。"徐逸超学长在大学里是一个活跃的人，参加了很多社团活动。我们问他："你是如何平衡学习和社团活动的？"对此，徐逸超学长给出了自己的看法，他说："学生工作与学习是分不开的，工作本身就是学习的重要部分。"他对我们说，他在参与学生会、社团活动过程中，会接触到不同的人，要处理不同的事情，这些都需要自己去观察去学习；在这个过程中，我们会学到很多解决实际问题和人际交往方面的知识和能力，同时又能结交志同道合的朋友。他喝了口咖啡，接着说，社会需要的是全面发展的人才，学习是一个很广泛的概念，因此，大学的学习，不能仅限于书本知识。

徐逸超（右）在主持

　　"学长,大学里的人际关系也非常重要,您是如何看待这个问题的?"我们向学长提出了第二个问题。学长对这个问题,也表现得很有兴趣。他说:"学会处理人际关系是很重要的。在大学中,我们要尝试接触不同的人,学会处理不同的人际关系。大学生活是我们进入社会的一个过渡期。首先,在校园里,我们有着固定的身份,作为学生,我们对老师要尊敬,对同学和朋友要关爱,这是原则,也是底线。作为一名学生干部,在与同学交往的时候,你首先要做到以身作则。要在同学中建立最起码的信任,就要让大家看到你的态度、诚意,看到你在努力,那就是你希望别人做的事自己要先做,你希望别人不要做的事自己坚决杜绝,这就是以身作则。"学长喝了一口咖啡,继续说道:"其次,要公开、民主地解决问题,让大家都成为主人,这是很重要的。最后,就是做好老师与同学们之间的桥梁,让老师因为欣赏自己而更认可这个班级,也让同学们因为信任自己而更配合老师的工作。作为一名普通大学生,想要有好的人际关系,希望扩充自己的朋友圈,那么有很多人际交往方面的原则是不用多说的,比如诚实,对人热情,将心比心,宽容,等等。"

　　我们继续采访学长:"学长,您怎样评价自己的大学生活?"学长微笑了一下,说道:"我觉得我的大学生活还是很充实的。每年我都给自己定了不同的目标。大一时我希望当个班干部,自己也真的就当了团支书,虽然工作忙,但收获还是不少的。大二时留任社团,成为部长,自己管理一个部门,也锻炼、提高了自己的管理能力。这两者都拓宽了自己的交际范围,使我认识了更多的人,也提升了自己的交际能力。大三时开始为以后找工作做准备,花更多的时间在考证上面。"

　　徐逸超学长对自己大学的每个阶段都有很明确的目标,不论是班级里的团支书,还是部门里的部长,学长都尽心尽力地完成自己的工作。"大学这四年,虽然担任的职位、所做的工作,不像有些同学那样多,但是我自己还是很满意的。我认为我已经尽力完成所有的工作了,虽然有些工作可能不那么令人满意,但是如果让我重新来一次,我还是会坚持自己的选择和决定。"学长说,大学的生活是难忘的,这是一辈子最珍贵的记忆之一。

　　在大学中,学习和工作的平衡,让学长学会了如何平衡时间,如何规划自己的时间。学习让学长掌握了知识;各项职务、各种活动让学长增长了不少的工作技能,学会了如何处理不同的人际关系。"大学期间最让我头痛的是多件事情重叠在一起,需要我在同一时间里完成多项工作,刚开始的时候的确会手忙脚乱,期待自己有'分身术',也恨自己为什么要接受这些任务,但是后来我学会了如何调配时间去完成这些任务。现在,我感谢大学生活让我学会平衡时间。那段工作经历,让我现在在公司时,面对不同的工作也能很好地分配时间,不会显得很慌张,让我能及时完成各项工作。同时,我也很感谢那时候的自己没有放弃。"

学长还说在大三大四的空余时间,自己去了很多地方旅游,不仅去了西北、南方地区,还去了台湾等地。学长说,旅游不仅能陶冶情操,还能拓宽视野。除了这些,学长还利用闲暇时间加强身体锻炼。学长告诉我们,他在学校的时候,会去操场散步或者跑步,这样可以舒缓一天的疲劳,可以活动筋骨,也可以放松大脑。工作以后,即使工作繁忙,学长还是会挤出时间去健身房健身,或是在下班后选择用散步的方式回家。不久前,学长还拿到了武术七段的证书,这让我们敬佩不已。

徐逸超的武术段位证书

经验分享

2016年是徐逸超学长参加工作的第四年,他对待工作是一丝不苟的,很让我们佩服。在多次的电话沟通中,我们也了解到学长是一个很繁忙的人。在准备访谈的时候,他就告诉我们自己要去出差,差不多一个星期,而后又要去武汉参加会议,过几天又要去上海。"我最近有点忙。"这是我们交谈中,学长说的最多的话了。"我有一个多月没待在家里了,这边出差,那边出差。"就在我们访谈过程中,他也会时不时地看看手表。他说,时间真的很重要,真希望一天能有48个小时,或者两个自己。

参加工作后,徐逸超学长认为真正的社会和大学的小社会还是有很明显的差距的。他告诉我们:"大学中遇到的除了老师,就是年纪相仿的同学,各种观念都比较相近,交流沟通都会比较简单,相处也会比较容易,一个人可以很容易地融入到新的集体中去,每个人的目标也基本相同。但是在工作中,一起工作的人年龄相差悬殊,有刚开始工作的新人,也有工作许久的老员工,他们有的还会在这个岗位上继续努力奋斗,有的却在计划辞职做其他的工作。每个人的工作职位不一样，权力不一样，目标也大不相同，有些人我们很难去和他们进行沟通，有些人却可以成为自己工作中有利的伙伴。"因此学长告诫我们要学会明辨是非，要对自己有一个完整的认识，有一个明确的定位，要知道自己的工作目标是什么，明确自己要达到一个怎样的高度，努力完成自己的本职工作，做好自己，这个世界有很多不同的声音，但我们一定要坚持自己的本心。

徐逸超学长告诉我们，工作能力是最重要的。不论是什么人，他在什么岗位上，能力都是最强的武器，是最有说服力的。在工作中，你的升职加薪，也是依靠能力来实现的。有能力的人，可以很出色地完成任务，可以得到更多的机会提升自己。在工作中，有能力的人是受大家尊敬的。另外，我们还需要建立良好的人际关系。良好的人际关系可以在工作中给自己带来很大的帮助，大家都说物以类聚，人以群分，不同的交际圈给我们所带来的信息也是不同的。我们的朋友不一定十全十美，但每个人总有一些优点是被人欣赏的。不同的交际圈，可以让自己看到不同的世界，这些不仅是对自己工作有帮助，在生活中也是有很大的帮助的。

徐逸超（右）与同行合影

🌐 学长寄语

结合自己四年的大学生活和四年的工作经验，徐逸超学长给我们如下寄语：不论什么时候，都要给自己定一个明确的目标，对自己的学习生活，有一个良好的规划。他说："大家一定要认真学习，因为这是你在大学全面发展自己的基础，尤其要注重英语学习，平时多读多背多积累，多和老师交流。"学生的本职还是学习，然后才是各类学生工作和活动。学会一些基本的社会技能，学会如何处理不同的人际关系，要有一颗强大的心脏，不要被那些看似很严重的事情击倒，不论什么时候，做什么事情，都要相信自己的选择。如果自己都不相信自己，那还有谁来相信你？另外，学会合理安排闲暇时间，学习是必要的,工作也是必要的,但是这不能成为我们放弃兴趣的理由。我们都说兴趣是最好的老师,所以在空余的时间,多做些自己感兴趣的事情,哪怕这些事日后不能成为你的工作,但可以成为很好的经验。学长建议我们:"生活是自己的,要学会为自己做打算,学会对自己负责。不管怎么样,你们一定不要后悔自己当初的选择。"

采访徐逸超(右)

🪐 采访后记

　　再次感谢徐逸超学长接受我们的采访,学长为人谦虚,也富有人生智慧。通过采访,我们懂得了怎么样才能更好地分配自己的时间,也对学校、对社会有了更多的认识和了解。在竞争激烈的社会,我们要努力学习知识与技能,更要坚持自己选择的目标,并为之努力奋斗,只有这样,我们才会有美好的未来。不管前行的道路多么艰难与坎坷,我们始终要对未来充满信心,脚踏实地地做自己认为有意义的事情。

小人物大梦想

——访杭州市余杭区南苑舒心幼儿园副园长李舒静

文/图：朱怡婷　陈丽洁

指导老师：姜丽花

李舒静，浙江大学宁波理工学院国际经济与贸易专业 2011 届毕业生，现任杭州市余杭区南苑舒心幼儿园副园长。李舒静学姐在校时曾任学校商务策划协会会长，积累了丰富的活动策划经验，毕业后进入由母亲创办的南苑舒心幼儿园。该幼儿园创立于 2005 年 9 月，2009 年 1 月取得教育局下发的办学许可证，2011 年至今，以优质的教学质量和可信的服务态度获得社会各界好评。

学生时代，严于律己

刚步入大学校门的李舒静学姐与大部分新生一样，从紧张忙碌的高中学习中解放，慢慢适应着大学相对轻松自由的学习环境。选择国际经济与贸易专业的理由，李舒静学姐说得很坦诚："作为一个文科生，我能选择的专业比较少，当时经济类专业比较热门，我稍加考虑便也就选择了这个专业。"在按部就班地读书之余，李舒静学姐也积极参加了学校的各大组织团体。她坦言："我比较文静内向，并不是很善于和人打交道。除了本身比较感兴趣，更多的也是想通过社团锻炼自己。幸运的是，我遇见了一位好会长。"在大二的时候，她被推举当选学校商务策划协会会长。

李舒静学姐坦言，会长工作的锻炼对她之后的工作、晋升等都有一定的帮助，尤其是对她责任感的培养有着重要的帮助。作为会长，李舒静学姐说她主要负责招募新成员、策划社团活动、负责社团大小事等工作。"其实,我做得还是不够好。"现在日渐成熟稳重的李舒静学姐回顾管理社团的那段时间时,谦虚地说道。也许是因为对自己的高要求高标准,李舒静学姐总是觉得自己仍有做得不够完美的地方,也因此鞭策自己更加努力。

工作中

🌐 初入社会,苦尽甘来

身为独生女,李舒静学姐集聚了家里长辈们所有的关爱,父母更是捧在手里怕摔了,含在嘴里怕化了。李家父母十分宠爱自家千金,不愿女儿独自步入社会辛苦打拼。因此,毕业之际李舒静学姐采纳了父母的建议,进入母亲一手创办的幼儿园工作。和大部分刚步入社会的大学毕业生一样,最初的她心里总觉得别扭,认为自己大学就读的专业是经济类专业,与教育行业没有多大关系,不愿

幼儿园室外

与其他老师一起工作。况且,那时的经济行业比较热门,李舒静学姐认为自己错失了择业的好机会。加之没有系统学习过幼教方面的知识,她并不清楚幼教的职责与工作内容。这些因素导致初入幼儿园的李舒静学姐工作起来十分困难,止步不前。

李妈妈十分了解女儿的心情,于是抽出时间与她进行了深入沟通。在母亲的开导与帮助下,在自己不断努力摸索、习惯、适应幼儿园整个大环境下,李舒静学姐渐渐调整好工作心态,渐渐适应幼儿园工作的性质。不熟悉幼教应该做的事情,她便一点点地去了解、去学习,在教学时间之外也是卯足了劲儿、下足了功夫。哪里不会就学,哪里有疑问就问,初任幼儿园班主任的她在一开始与小朋友的互动、家长的沟通交流上有不少摩擦与问题,到后来渐渐能够和小朋友在学习和玩乐中很好地相处,与家长的沟通交流也是慢慢如鱼得水,得到了家长们的信赖与支持。最大的压力可能是来自自己特殊的身份,不想听到别人的闲言碎语的她努力证明自己的能力与实力,她也在 2012 年的 3 月份顺利考出了教师资格证。在李舒静学姐较强的学习与接受适应能力下,她在很短的时间内就对幼教的工作上手了。

渐入佳境,展望未来

通过认真负责的工作,李舒静学姐的成绩得到了各方的肯定。她不仅慢慢形成了较好的工作关系,也慢慢积累了扎实的工作经验,四五年的时间里,一步一步晋升至副园长。我们从她的言语中能够读出的,是她对于这四五年拼搏岁月的珍惜,没有只言片语的抱怨,有的是感谢曾经的自己那样刻苦、那样努力、那样勤奋。

"进入管理层之后,我就强烈感觉出与之前工作的不同。"不再是简单地听从上司的安排,仅仅做一个执行者。需要开始顾全大局,统筹规划,给下属安排工作,更侧重作为一个决策者的工作。除了日常的参与班级上课,她还有例行会议、对幼儿园未来的规划等更加重要的工作。作为一个过来人,李舒静学姐将她一路晋升的经验总结并分享给我们——"吃亏是福"。对于初出茅庐的年轻人而言,吃亏并不是一件坏事。在你不曾注意到的时候,其实你的所作所为早已被你的上司和同事看在眼里。你的辛苦、你的委屈,那些过来人都明白,也都曾经和你一样甚至更甚;你的勤奋、你的踏实,你的上司一定看得见,也许他不会马上提出表扬,但是他一定心知肚明;你的成长、你的改变,你的上司和同事也一定可以发现,用实力说话是成人世界的法则。所以,学会吃亏是最不会吃亏的选择,她将她的生活经验、工作经验用这一句话馈于我们。我们想,不仅仅是工作学习,平时待人处世也是如此。未来的路很长,我们一定会遇到一些不公平的对待,不公正的抉择。如果我们对于结果无能为力,那么只能要求自己问心无愧,但同时也要坚信,付出一定会有收获。

幼儿园室内

　　家庭中的李舒静学姐,已为人妻为人母了。她在工作后两年半,便成为一位母亲。当我们聊到她的丈夫时,她笑着说:"我老公是开淘宝店的!"许多人可能会觉得做这样的工作是一件很容易开始但很难成功的事情,但是当我们听了李舒静学姐的讲述之后,我们觉得应该用一位成功的创业者来形容她的丈夫,而显然她则是成功创业者背后的那个女人。作为妻子,李舒静学姐在其丈夫的创业之路上充当了很重要的角色。在丈夫选择将乐器作为商品并看准时机进驻淘宝后,他们夫妻俩便开始了艰辛的创业之路。起早贪黑已被视为习惯,身兼数职是常事,两人既是客服也是打包者,既是老板也是员工。"因为大学学的是经济类专业,也上过财会的课程,那段时间,我每天下班回家,处理完自己的事情,还要帮我老公计算每天的营业额。最初,每天几乎赚不到什么钱,都是亏损的。到后来,慢慢地有点起色,扭亏为盈,但赚得也很少。直到现在,营业额也上去了,规模也扩大了。"当初一两块的利润并没有让他们知难而退;他们开始运用一定的经营方式与销售技巧,经历了许多常人难以想象的辛

生活中

酸苦楚，终于在淘宝店家这股大军中慢慢地脱颖而出。现在，他们的淘宝店已经开设了三四家分店并均位于搜索榜的前列，而且他们是皇冠卖家。他们更是知恩的老板，现在手下的员工都有很好很高的福利。他们将收益较好的一家天猫店的全部利润用于员工分红。他们用实际行动践行着感恩二字，他们认为自己的成功离不开员工的付出，离不开员工对他们的信任，更离不开员工这一路上的支持与坚持。

为人母，李舒静学姐细心教育孩子。"我不求儿子将来功成名就，只希望他平平安安，快快乐乐地成长。"李舒静学姐其实是一个小小的女强人，小小的个子下有一颗大大的心，在发展自己的事业的同时和丈夫一起成为创业者。对于未来，她也有自己的规划与打算。对于自己的事业，她希望将来能够接任母亲的大任——成为园长，陆续开设其他分园，扩大幼儿园规模，成立教育集团。对于丈夫的事业，她也愿意继续作为他的事业伙伴给予精神支持。她充满危机意识，在日新月异的互联网时代，她与丈夫努力发展与创新，将两人的淘宝店扩大规模的同时也时刻要求自己要做好、做实。对于家庭，李舒静学姐悉心照顾父母、公婆、丈夫和孩子，做一个孝顺的孩子，做一个孝敬的媳妇，做一个贴心的妻子，做一个温柔的妈妈。

不经历风雨，怎能见彩虹，没有谁能随随便便成功。这是李舒静学姐的座右铭，一句很简短的话，却有着强大的能量。

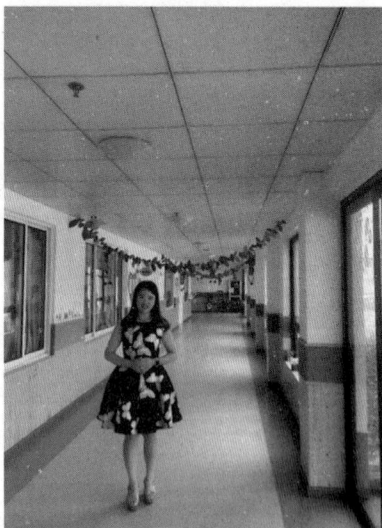

生活中

采访后记

通过对李舒静学姐的采访，我们体悟到没有人生来就可以获得什么，没有人不努力就可以得到一切自己想要的东西。没有目标的人是止步不前的，没有理想的人是惨淡灰暗的，没有抱负的人是碌碌无为的。有了目标，有了理想，有了抱负，那么就要付诸行动。这个过程，不会是风平浪静的，也不会是顺风顺水的，更不会是一蹴而就的。这一路下来，一步接着一步，一程接着一程，经历风雨险阻才能够看见属于自己的彩虹。

凡事预则立

——访浙江布利杰集团有限公司销售经理李洲杰

文/图：赵佳琦　俞梦露

指导老师：姜丽花

李洲杰，浙江大学宁波理工学院国际经济与贸易专业2014届毕业生，现任浙江布利杰集团有限公司销售经理。李洲杰学长在校时曾任班长和校就业指导中心部长，言行举止谦虚友好、稳重大方，在校任职充分锻炼了他的人际沟通能力和工作坚韧性，他对从事专业相关的工作充满热情，目前主要负责管理布利杰公司外贸销售业务。

找到方向，崭露头角

"善弈者谋势，不善弈者谋子。"为了使我们更快地融入社会，我们联系到了国际经济与贸易专业的优秀毕业生李洲杰学长。在别人眼中，学长性格开朗，为人热情、真诚，遇事沉稳、冷静。在向学长发出采访的邀请后，学长很爽快地就答应了。我们感到很惊讶，他说，大家都是宁波理工学院的学生，作为学长，如果有什么忙能帮得上的，自然是要帮忙的。学长热情地接受了我们的邀请，无疑是给我们打了一针定心剂，原本烦恼于要和陌生人接触并交流的幼稚大学生，脑海里一下子变得豁然开朗起来。我们顿时觉得，如果以后有人请求我们帮助，我们也会像学长一样热心对待别人，不辜负每一份真诚，把同学之间互帮互助的良好传统延续下去，带到更远的地方。

对刚进入大学的新生而言，一切都是新奇的，是充满诱惑力的。面对各个社团的招新，许多同学失去了分寸，不知道自己究竟想要什么，只知道一味地加入多个社团，导致生活忙得焦头烂额，却什么都没有得到。而李洲杰学长是一个稳重的男孩，综合自己各方面能力，权衡自己的优缺点，他毅然选择了就业指导中心，负责调研就业类的信息，在招聘会上收集信息，帮助毕业生寻找就业信息，为自己将来的就业提早做起了准备。他说，他从来不会长时间从事一个方面的工作、重复做一件事，不断尝试和突破是他追求的方向。学长说，大学这个神圣的殿堂孕育着一届又一届的生力军，但这个殿堂里也充满着优胜劣汰的残酷竞争。随着社会的飞速发展，在传统的就业模式完全被打破后，一张学位证书不再等同于稳定的工作和优厚的福利，迎接我们的是新的就业模式下新的机遇和挑战。

采访李洲杰（左）

在大学的四年学习中，除了学精自己的专业外，学长觉得还应该学习其他学科的知识来拓展自己的视野，将它们与专业紧密联系起来，为专业的发展和创新打下坚实的基础。

🌐 反复磨炼，总结经验

"当你用心去完成一件事情的时候，结果已经不重要了，"学长认真地说道，"你已经从这件事中得到了经验和教训，人生的路很长，不要急功近利，多吸取经验,总结教训才能无坚不摧。"

　　作为班长,学长总是尽职尽责,且为人十分谦虚友好,没有丝毫凌厉之气。谈到班长这个职位,我们问是否辛苦,学长说:"在一个位置上就要承担相应的责任,你既然选择了这个位置,就要为自己的选择负责。"正是这份责任感支撑着他坚持完成了四年的辛苦工作。学长说他不后悔在大学期间把大部分时间和精力都放在这个小集体中,因为在这个小集体中,他得到了真挚的友情,锻炼了组织能力和思维能力等。学长说,作为大学生,我们必须丰富自己的阅历,不要虚度光阴。我们应该用空闲时间多去了解社会,了解世界,有事情做,就不会感到那么空虚了。正所谓"家事,国事,天下事,事事关心",只有了解了这个社会,你才会知道哪里有空缺,哪里需要自己、适合自己去努力奋斗。

永不止步，实现升华

　　现在作为服装贸易销售经理的学长,主要工作是与国外的客户进行交流沟通。"那你的英语一定很好吧?"我们问道。"英语是从事贸易工作的基础,大学生不能只满足于四六级英语考试,基础一定要强,才能在工作中从一个比别人高的起点出发,才能在遇到问题时更自信熟练地处理解决问题。"他说在面试中,如果想让面试官对你印象深刻,一定要充分展示自己的能力,作为国贸专业的学生,可以在面试的过程中和面试官用英语进行交流。这一方面展示了自己的英语水平,另一方面也突出表现了自己是有备而来,而不是像很多其他大学生一样在临近毕业时为了有一个交代而随便找一个工作,相信面试官会对这样一个信心满满又有实力的大学生刮目相看。即使面试失败了,这又何尝不是一次真枪实弹的训练呢?

　　学长说国际贸易工作门类众多,在从事贸易工作前,首先要对贸易类别有一个选择,小家电、机械、服装等各门各类,每一个看起来微不足道的部件,甚至是衣服上很小的一个纽扣或者一个线头,都可以是贸易的客体。我们需要从中做一个选择。听到这里,发现贸易工作如此精细复杂,我们不禁觉得自己平时学得实在太少了。学长说他刚开始选择的是电器类的贸易公司,后来又去了服装贸易公司。从最开始原料的投入到所有辅料的采购最后到一件衣服的制成,是一个很复杂的过程。这个过程中会遇到各种各样的问题,你面对的不仅是客户,还有当地企业的影响,你需要去了解每一个生产环节，了解每一个生产流程，而不是当一个流水线上的工人，这样遇到问题时才能淡定。

李洲杰（中）与外方代表合影

好像很多大学生都是迷茫的，每日虽然抱怨课程无聊，但依旧睡眼惺忪地从床上爬起来，匆忙地吃好早餐，再踩着铃声到教室听课，组队做作业，考试前临时抱拂脚。但是我们好像又不能再这么迷茫下去了，好像时间已经被我们浪费得差不多了，焦虑感油然而生，我们问学长该怎么办。学长推荐了刘墉的书，他说，在你迷茫的时候，至少不要学坏。看到学长坚定的眼神，我们顿时茅塞顿开，心中的石头好像变成了一团云，无足轻重。是的，脚踏实地做好现在才是最重要的，毕竟，未来实在是变幻多端，一个好的心态加上一身本领，谁还会怕找不到自己满意的工作呢？

🌐 学长寄语

当我们问起他对后辈的建议时，他这样说道：首先要确定自己未来就业的方向，在学习中开始进行相关的知识储备。选择了自己想做的工作，就能避免走很多弯路。可以选择在暑期开始实习，找一份现实的工作来体会，在实习过程中提升自己，开阔视野。看看自己是否适合这类工作，不合适的话可以从自己的工作规划中删除,换到其他地方发挥自己的价值。在工作中再发现不合适,走回头路损失大,所以学长建议学弟学妹们早做准备。

大学四年,我们如何在学校提升和锻炼自己?在学长提出的建议中,我们总结了四点:努力、奋斗、阳光、乐观。大学的学习生活是一个生命的品尝与体验的过程,是一个不断受到惩罚、得到补偿以及接受考验,然后不断提升自己的过程——不断地发现新的无知,然后去学习、去实践,多尝试,再接受考验,继而发现问题的过程。明晰目标,细心准备,认真学习,全身投入。找好目标后就要全身心地投入其中,认认真真地学习,充实自己,使自己饱满起来。

"临渊羡鱼,不如退而结网",狭路相逢智勇双全者胜!一定要调整好心态,把往届学长学姐们的成功例子作为自己的榜样和目标,给自己一个奔头和希望。同时,不要怨天尤人,既来之,则安之。抓住机遇。

学长还建议我们要尽早树立竞争意识。正所谓,成功的应聘等于80％的积累加20％的包装,我们不仅要有竞争的意识,更要有竞争的方法,把握一切机会主动应聘,争取在用人单位面前推荐自己,展现自己,凸显自己的特长和优势。即使应聘失败,也绝不灰心丧气,"有竞争必有失败",应聘的失败提示我们存在的不足,因此我们应该总结失败的教训,加以改进,争取下次表现更好。

采访后记

经过一个下午的采访,我们认识到,李洲杰学长的经历有很多值得我们去体会和学习的。学长在工作上面临过不少困难,但是当他轻描淡写地说出那些挑战,我们不禁敬佩他乐观大气的人生态度,更看到他在面临困难时的不放弃。不是每一次尝试都会成功,能否在失败后总结经验教训决定了你能否向成功迈进。凡事预则立,不预则废。

与其苟延残喘,不如纵情燃烧

——访宁波佳诚五金工具有限公司销售总监陈金鑫

文/图:周婷婷　周萌

指导老师:姜丽花

陈金鑫,浙江大学宁波理工学院国际经济与贸易专业2016届毕业生,现任宁波佳诚五金工具有限公司销售总监,主要负责高级轿车所需五金产品的进口和销售渠道管理等工作。从学生时期的迷茫,现如今工作上的节节高升,陈金鑫表示自己经历了太多,也收获了很多。生活是自己创造的,生活不会背叛付出。

🌐 初生牛犊不怕虎

拿到陈金鑫学长的资料时,他给我们留下了"西装革履、风度翩翩、志得意满"的印象。初次见到陈金鑫学长,他与我们想象中的样子略有不同:白衬衫配牛仔裤,踏着运动鞋,戴着一副方框眼镜,整个人并未完全脱了稚气,依然保留着学生的朝气蓬勃、无限活力,同时拥有爽朗随和的气质。繁忙的一天工作,加上匆忙赶路,学长脸上露出了一丝疲态与懈倦,但是稍作休息,他很快恢复了精气神,马上开始与我们分享他在工作、生活等方面的各种经历与经验。

生活中

　　"海阔凭鱼跃,天高任鸟飞。"陈金鑫学长首先分享了他大学时期的寝室生活,他们寝室有四个男生,他觉得自己是最"不成器"的。他笑着说,有人开玩笑说,一个寝室总有一个白天学习、晚上学习、图书馆学习、寝室学习、随时随地都在学习的学霸;一个打打篮球、打打游戏,尽显洒脱,但成绩斐然,无意间证明智商存在的学神;还有一个万事无须关心的富二代。说起来也是不幸运,他就在这样的寝室生活了四年,被别人的智商、财气打击了四年,因而他在大学期间也曾有一段不短的迷茫期——"我没钱没才,如何找到竞争优势?"

公司外景

　　"没关系,没钱没才,但有的是力气。"陈金鑫学长说年轻人有一腔热血不是一件坏事,他大三就向家里提出不要生活费的要求。"当时就是有初生牛犊不怕虎的勇气,"他说道,"各种兼职尝试了很多,家教、发传单、端盘子、促销员,只要你们能想到的,我几乎都干过。"陈金鑫学长很享受网游给他带来的第一桶金。他说仅游戏装备就卖了 4000 多元,对于第一桶金,陈学长告诫我们说,"浅尝辄止便好,过度沉溺总会坏事的"。

　　在家庭不再提供生活费的两年里,陈学长成功地找到了自己人生的方向与前进的动力,也有了自己的目标与希望。这些使陈金鑫学长在心理承受能力和处事风格上都较同龄人更加强大、稳重。如今的他早不是初出茅庐、不谙世事的年轻人,而是拥有丰富工作经验、沉稳干练的人才,这些品质和素养让他颇受领导喜欢,事业也由此一路畅通。

🌐 勇于行动，追逐梦想

老是梦想自己有朝一日能做出一番大事，真是太天真和幼稚了。要忠于现实，看清处地，现在就行动，何必要等待未来？

陈金鑫学长说，"大三时出去找工作，真的很辛苦，身体累还是一方面，最难接受的是心累"，社会很现实，必须尽最大的努力，做最坏的打算。工作真的很不容易，尤其是工作中承受的委屈，"有时候有气也得往肚子里咽"。陈学长回忆道，他想过要是被炒了鱿鱼，他一定会暴跳如雷，和领导死磕到底，可是事实是，要学会接受，从哪里跌倒，就从哪里爬起来。另外要学会包容，"退一步天高

工作中

地阔，让三分心平气和，事临头三思为妙，怒上心忍让最高"。现如今，陈学长在职场上算得上是春风得意，这与他认清现实，把握好度总是相关的。

陈金鑫学长说，不要只想着梦想能轻易实现，只有现在好好努力和奋斗才能让梦想实现。另外，不要轻易把梦想寄托在某个人身上，也不要太在乎身旁的耳语，因为未来是自己的。当然也别忘了自己的那份初衷，不管有多么困难，总要勇于行动。

🌐 让能力配得上梦想

"在你还不够强大时，你一定要努力提升自己，锻炼自己的能力，只有如此，在面对选择的时候，才不会慌乱，才能让自己的梦想插上腾飞的翅膀。"在长达三个小时的采访中，陈金鑫学长自始至终都在强调提升自我能力的重要性。

采访陈金鑫（左一）

　　陈金鑫学长还表示，生活是自己创造的，结果都是自己决定的，因为生活不会背叛付出，社会不会淘汰努力。对学生来说，学习成绩固然重要，但是其他方面的能力也同样不可或缺。陈金鑫学长从大一开始就敢于竞争，并成功担任了班长的职务。众所周知，班长职务是个很锻炼人的工作，尤其

采访陈金鑫

在大学期间，班导师与班级的联系并不多，更多的班级事都是班长操劳。作为班长，他有开不完的各种大小会议，接不完的各种通知，还要为同学们的各项事情奔波忙碌。但是，在统筹全班工作，安排完一次一次的活动之后，自身能力也有了大幅度提升。班长职位，使陈金鑫学长学会担当，变得成熟。

　　"要尽可能去参加各种比赛，这样会使你变得越发自信。"学长说，除了在大学里担任各种职务之外，大大小小的比赛也很锻炼人。刚进大学，大部分的人都会怯场，不敢表达自己，不够自信，然而各种比赛会逐渐增强自信心，就算锻炼不了其他能力，

起码能培养台风,在上场的时候不露怯意,这对以后的工作会有很大的帮助。如果没有大学里的铺垫,很难适应职场上的要求。

🌐 学长寄语

谈到当前国际贸易现状,陈金鑫学长认为,宁波作为港口城市,又具备强大的外贸实力,国贸行业算得上风靡。但做国贸这一行,基础工资并不高,关键得看能力与业绩。

他说:"当初选择国贸专业是随大流,经常听人说在宁波,若是一广告牌掉下来,砸到的十个人有一半是从事外贸相关的工作。"但现实情况是,对新人而言,国际贸易这一行起步并不容易,不要说刚开始,就是做几年工资都不会特别高。若要收获较高的回报,就要有好的业绩,这就看谁能够沉得住气,脚踏实地积累工作经验和开发客源。"不要好高骛远,狂妄自大,觉得自己就是最厉害的那个,一毕业就有高报酬、高薪水、高地位。这是不切实际的,因为一切都必须依靠努力才能创造。天上不会掉馅饼,只有脚踏实地,付出的比别人多,收获的才会比别人多,"陈学长告诫我们说,"如果你们以后打算做外贸,必须脚踏实地,谦虚以待。"

走上职场,一切都只能靠自己,不要妄想别人会帮助你,能够相信的,能够依靠的只有自己。要不断地学习,除了学习工作中的知识外,还要向富有经验和智慧的人学习经济贸易知识和经验。"我就是这样经常提醒自己,要谦虚,不自骄,不自傲,学习一切可学习的,学习一切有助于能力提升的知识,保持谦虚的心态,保持最好的状态,来面对将要发生的一切,微笑、沉着、乐观地面对一切即将发生的事情。"

🌐 采访后记

虽然陈金鑫学长踏入社会不久,但在他身上我们看到了磨炼多年的沉稳和从容,这是他较早独立生活的收获。采访持续近三个小时,陈金鑫学长谈吐轻松愉快,幽默风趣,整个采访过程十分愉悦。从学长身上,我们学到了很多,也思考了很多。外贸行业竞争激烈,高薪职位竞争更加激烈,毋庸置疑,竞争是残酷的,不仅需要能力、魄力和冷静,还需要良好的专业素质。这些都需要一步步培养,需要我们从此时此刻珍惜学习的机会,切实行动起来,提升自己的能力。总之,此次采访我们收获颇多,也在此感谢学长能抽出时间接受我们的采访,并真诚地分享生活与工作经验。

明确目标，一往"职"前
——访宁波市镇海区贵驷街道办事处党建信息管理员辛璐芳

文/图：王婷　郑艳
指导老师：李雪艳

辛璐芳，浙江大学宁波理工学院国际经济与贸易专业2014届毕业生，现任宁波市镇海区贵驷街道办事处党建信息管理员。曾就职于浙江农村信用社宁波分社，任客户经理，主要负责贷款业务，后离职到镇海区贵驷街道工作，先后在该街道党政办、宣传办和妇联任干事，目前主要负责贵驷街道的党建信息管理工作，包括管理党员信息、组织相关党建活动等。

🌐 印象篇：　开朗直爽，言辞幽默

初见辛璐芳学姐，我们就被她直率坦诚的性格所吸引了，她言谈间透露出一种明快的气息，开朗直爽，言辞幽默。随着采访的深入，我们发现，她待人亲和，极易相处，工作上则目标明确，很有主见，不易受他人意见左右。辛璐芳学姐对工作、对未来有着清晰的目标，明确知道自己内心真正想追求的东西。因此，她一旦下定决心去做某件事，就会以坚定不移、执着坚韧的态度去完成它。

辛璐芳学姐告诉我们，工作首先要明确自己的兴趣点在哪里，结合自己的性格，确定职业目标，做好职业规划。她反复强调，一定要做自己感兴趣的工作，如果缺乏兴趣这一重要动力来源，工作中便会出现消极怠工，工作积极性不强等问题，从而削弱自身的竞争力，还会导致在面对困难和压力时缺乏勇气和信心，难以在职场上获得晋升。

🌐 实习篇： 坚持不懈，不断提升

谈到大学期间的实习经历，辛璐芳学姐认为应抓住在校期间的实习和社会实践机会，坚持不懈，不断提升自己。辛璐芳学姐实习经历丰富，为之后工作积累了宝贵的工作经验和人脉关系。她大一入学后便加入了学院双学中心，社团工作让她拓展了自己的人脉关系，锻炼了待人接物方面的能力，也使她在为人处世方面更加成熟。

在校期间参加社团活动，需要处理好社团工作与学习的关系。辛璐芳学姐说，刚开始加入社团时，繁杂的工作占据了她很多休息时间甚至一些学习时间，一度忙于工作导致学习成绩下滑。反思之后，她决定要合理规划时间，不能让社团工作影响学业，于是她充分利用零散时间，比如利用排队、坐车等时间思考和处理一些工作上的事情，这让她做事更有效率，学习上也更加游刃有余。辛璐芳学姐告诫我们，虽然这些零碎的时间看起来微不足道，但日积月累将会产生巨大的效应。另外，经常利用各种碎片时间阅读和思考，对迅速集中注意力和保持注意力都非常有帮助。

大三时，辛璐芳学姐在民生银行实习，刚开始也遇到了很多困难，这些困

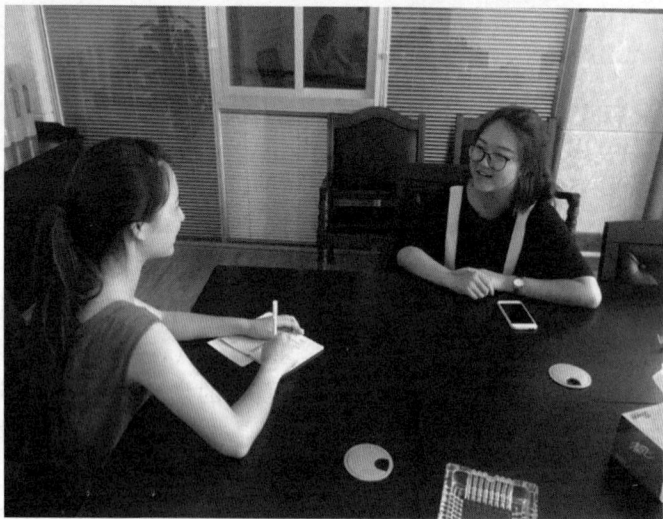

采访辛璐芳（右）

难大都是因为对业务不熟悉，对业务流程不了解。意识到自己在这方面的不足之后，她抓紧时间恶补相关专业知识，并考取了进银行所需的相关证书。之后的实习期间，她每天勤勤恳恳，尽职尽责，认真准时地完成自己的工作任务，从不敷衍了事。

辛璐芳学姐坦言，现在大学毕业生的通病就是眼高手低，做事静不下心，沉不住气。一个人的发展和能力的进步不仅需要高超的技能，更需要对工作的忠诚和以工作为中心的职业精神，即做事能沉得下心，不急不躁，耐心细致。在银行工作最不可取的就是做事毛毛躁躁。这体现在日常工作的许多细节上。在银行里，多打或者少打了一个零就可能会给单位造成巨大的损失。同时，在金融市场竞争激烈的今天，除了要提高自己的理论素质和专业水平外，也要注意提升自己的业务技能水平，这样才能在工作中得心应手，更好地为广大客户提供方便、快捷、准确的服务。

辛璐芳学姐感慨道，实习以后，她才真正体会父母挣钱的不易。很多时候为了达到自己所希望的状态，必须付出十二分的努力。她也向我们强调了自学的重要性。"在大学里学的不仅是知识，更是一种自学的能力。"在这个信息爆炸的时代，知识更新快，仅靠原有的一点课本知识远远不够。要在工作中勤于动手慢慢琢磨，不断学习不断积累，同时利用互联网及各类书籍不断更新自己的知识库。遇到不懂的地方，可以虚心请教他人，并做好笔记认真地去理解分析。没有自学能力的人是很容易被这个日新月异的时代所淘汰的。

🌐 就业篇： 职场转型，重新起航

毕业之后，辛璐芳学姐就参加了浙江农村信用社的考试，并顺利通过，成了一名客户经理。这份工作主要负责银行的资产业务，即贷款方面的业务。她认为这是比较适合自己性格的一份工作，因为自己性格比较外向，喜欢和别人打交道。她平时主要的工作内容就是到处拜访客户，为银行找到合适的贷款人，同时注意相关风险的控制，保证客户申请的贷款能够符合相关贷款要求，通过银行审批成功发放，客户能够按期还本付息。虽然辛苦，但这很好地提升了她的沟通水平和交际能力，她在待人接物上也更加得心应手。然而，这份工作的辛苦也是显而易见的：工作繁忙，压力大，加班多。综合考虑种种因素，最终她决定尝试一份新的工作。

2015 年 3 月,辛璐芳学姐离职到当时的镇海区骆驼街道工作,最早做的是宣传工作,负责街道的信息报道和相关事项的宣传及通知。后来由于行政区划调整,原骆驼街道分设,成立骆驼、贵驷两个街道,她就到了新成立的贵驷街道党政办,负责党建管理工作,主要是管理党员信息、组织相关活动,如访问困难党员等。

由于是在基层单位,工作中要经常和群众打交道,需要讲究工作的方式方法,在帮助群众解决问题的同时又要考虑到维护邻里关系的和谐,是一项需要高情商的工作。在我们采访辛璐芳学姐之前不久,她刚调任为贵驷街道宣传和妇联的干事。我们祝愿学姐能够如愿以偿,在职场大展拳脚!

学姐寄语

作为一个已经毕业两年的过来人,辛璐芳学姐也给我们提了一些建议。

首先,大学阶段要勇敢走出象牙塔,多接触社会。在不占用学习时间的情况下,找一些与专业相关的单位去实习,积累社会经验,开阔视野,锻炼实践能力,将书本上的理论知识与实践相结合,学以致用。

正如同辛璐芳学姐当初在银行实习时一样,虽然实习事务多集中于比较简单的任务,如帮忙复印资料、解答客户关于办理业务手续的疑惑等,但是这帮助她更深入地理解银行业务的流程、银行运作的方式,使她在银行的基础业务方面有了一个比较全面的了解。实践出真知。这些基本的业务在课堂学习中往往是不能被彻底理解的,所以实践显得尤其重要。

其次,外语要学好,对于外贸行业来说,英语六级是敲门砖。其实不只是外贸行业,其他各行各业也很注重外语能力。学有余力的话,还可以去考一些更高级的证书,如剑桥商务英语、托福、雅思等。

最后,要珍惜大学时光。大学里环境相对要单纯一些,压力也小,也有相对空闲的时间来学习和提升自己。另外,人生方向很大程度上会受到大学生活的影响,所以,在大学期间多读点书,开阔眼界,或者参加一些社团和部门,可以拓展自己的人脉,在与人打交道方面更加圆融,待人接物方面也会更加熟练。总之,多多尝试,就会发现,生活有多种可能,找到最适合自己的那一种,知道自己想做什么,然后为此制订具体可行的计划。

🌐 采访后记

辛璐芳学姐的工作经历给了我们非常大的启示。我们最大的感触是，在选择职业的时候，应该注意综合考虑自己的性格特点、自身优劣势、自己的兴趣爱好等，选择适合自己性格特征的工作。必要时可以借助一些性格职业测评，如 MBTI 职业性格测试、霍兰德职业兴趣量表和九型人格测试等来科学地认识自己。别人的建议只能作为参考，只有自己才最了解自己。要找到自己真正热爱甚至甘愿为此奉献一生的职业，这一点至关重要，因为只有这样才能保持对工作有长久的热情，也会在工作的道路上走得更远、更稳、更坚实。

其次，在追求事业晋升和人生发展的道路上，机遇很重要，能力很重要，学识很重要，朋友也很重要，但是，勤奋努力更为重要。勤奋是耕耘人生必不可少的品质，没有耕耘，再好的种子，再好的土地，再好的自然条件都不可能获得丰收。所以，亲爱的我们以及学弟学妹们，千万不要害怕辛苦，因为年轻时流下的汗水和泪水，终将成为人生当中最宝贵的财富！

锐意进取　翱翔职场

——访杭州诚淘网络科技有限公司销售渠道主管徐卉

文/图：杨嘉欣　郭雯莉

指导老师：李雪艳

徐卉，浙江大学宁波理工学院国际经济与贸易专业2014届毕业生，现任杭州诚淘网络科技有限公司销售渠道主管。在校期间凭借流利的口才和高超的沟通能力，曾担任学院外联队队长，为学院的学习及课余活动筹得多笔商业性赞助。个性独立、踏实勤奋是徐卉的性格特点，拼搏进取、敢于创新是她的工作态度，这些过人之处使她不甘于继续从事传统的外贸工作，从而跳槽到机遇与挑战并存的跨境电商行业。现任杭州诚淘网络科技有限公司销售渠道主管，主要负责制订公司销售计划，并参与管理等。机会永远只垂青于有准备的人，是她的锐意进取、求实创新使她在工作的短短一年内晋升为主管，并带领她的团队不断开拓。

萌芽篇：有志者，事竟成

初入大学，对一切都有着新奇与热情，徐卉学姐也不例外。初入学，她便树立目标：加入社团，锻炼自己，并且有一番作为。起初，基于自己的兴趣爱好加入了多个社团，在各个社团部门中也得到了锻炼，结交了许多朋友。当我们问到在这么多社团中，哪个社团让她收获最多时，她毫不迟疑地告诉我们，是外联队。可以说，是在这个部门的经历，成就了如今的她。

在外联队跟随队长进行几次赞助洽谈后，她便对外联工作产生了浓厚的兴趣，不仅向学长学姐汲取相关经验，课余时间更是翻阅相关书籍学习与人谈判的技能技巧，久而久之，将理论运用于实践，成功获得多笔赞助，这使她在同级成员中显得出类拔萃，也使队长属意她成为下一任队长。这离徐卉学姐想要在社团有一番作为的目标又近了一步，因此她更为努力，她坚信：有志者，事竟成。在外联队留任期间，她潜心教导新干事，将经验传授给他们，发挥团队力量，为学院获得一笔又一笔商业性赞助。在外联队所接触的人和事，所积累的工作经验，成为她工作后不可或缺的财富。

采访徐卉（右）

俗话说，好的开始就是成功的一半。想要有所成就，事先就需制订一个计划或一个目标，并为之努力。徐卉学姐讲述完她的大学生活，不禁让我们反思：现在还在大二的我们对未来是否有一个详细的规划，以后想要从事什么样的工作，考研还是就业？大学的空闲时间很多，生活都是自己安排的。你可以选择碌碌无为，虚度光阴，每天追星看剧；你也可以选择去图书馆学习，为考研做准备；你还可以选择兼职，积累社会经验……所有的一切依赖于你自己的选择，是你的选择决定了你要过怎样的生活。自己的人生是由自己掌控的。

初生篇：人之相知，贵在知心

说起在大学生活中最难忘的事，徐卉学姐表现得特别兴奋，便向我们娓娓道来。她表示，其实最珍贵的，便是结交了许多知心朋友。她喜欢结交高年级的同学，因为他们更加成熟、理智，在学习和生活中经验较为丰富。他们身上散发出的蓬勃朝气和积极心态，深深地影响着她。谈到这里，徐卉学姐说："如果没有遇见他们，我可能还是那个贪玩的徐卉；遇见他们之后，看见这么优秀的人还如此努力，我有什么资格不努力呢？"她喜欢听朋友们讲实习中的经历，虽然抱怨工作任务繁重但依旧坚持完成；她喜欢和考研的朋友一起复习，感受他们的奋斗精神。"在大学成长的道路上有他们陪伴，这是我的幸运。"徐卉学姐说。

　　不得不说,大学就像一个微型社会,大家性格各异,要找到知心的且与自己合拍的朋友并不那么容易,千里难寻是朋友。滚滚红尘,芸芸众生,能在同一时空相遇,已是一份机缘,若能相知进而志趣相投,那便是朋友了。朋友,知心的才好,正如孟子所说:"人之相识,贵在相知;人之相知,贵在知心。"人生得三五志同道合的良友,对生活、事业都有极大帮助。

与朋友游玩合照

🌐 成长篇: 锲而不舍,金石可镂

　　谈起自己的实习经历,徐卉学姐表示实习期就是工作的成长期,在这个阶段,脚踏实地、吃苦耐劳、务实工作是最重要的。也许实习工作和自己预想的有一定偏差,可能会认为没有学到精髓,但这个阶段是我们都必须经历的,所有事情都是从基层做起,从小事做起。"不积跬步,无以至千里;不积小流,无以成江海。"实习期也是个人工作经验的积累期,是一个很好的向公司前辈借鉴学习的机会。

　　实习期,她从最基层的外贸业务员做起,看似简单的工作其实考验的是耐心与细心。即使是在最基层的岗位,学姐依旧兢兢业业,并努力在工作过程中学到一些以前不懂的东西,就这样慢慢锻炼着自己的能力。其实刚开始实习时,很少有人能做到得心应手,实习一段时间后,实习生之间的差别便会逐步显现。优秀的实习生之所以能够脱颖而出,得到重视,很多时候凭借的是在校期间学到的扎实的专业知识。所以徐卉学姐告诫我们,在校期间一定要学好专业课,专业储备就是以后工作的基础,一个人要想在实习期脱颖而出,依靠的就是在此基础上的努力。"总有人要赢的,那个人为什么不能是我呢?"这句话是她的座右铭,徐卉学姐始终相信世上无难事,只怕有心人。就算事情再难,也总会有人做到,那么这个人为什么不能是自己呢?

采访徐卉

蜕变篇: 心之所向,亦苦亦甜

对于工作,徐卉学姐是一个很洒脱的人,她觉得工作不在于好不好,而在于合不合适。找到一份合适的工作,以后的生活才会快乐。

也正是因为这种想法,徐卉学姐不甘于太过传统的工作。她曾说过,她骨子里其实是一个疯狂的人,她善于发现新鲜事物并且能够主动去学习新事物。机缘巧合之下,徐卉学姐从认识的朋友那里接触到了电商行业,喜欢新事物的她仿佛打开了新世界的大门,就像找到了自己本来的归属一般,她开始从事与电商相关的工作。在那个时候,电商行业正处于发展初期,并且呈快速发展的趋势。就这样她进入了宁波一家电商公司,主要从事公司销售方面的工作,并为公司的销售开发渠道。她深知销售业绩是一个企业生存的命脉,总是不辞辛苦地为公司开发渠道发展业务。是金子总会发光,由于外向的性格,以及出众的交际能力,她很快在众多工作者中脱颖而出,能够独当一面。现在所在的杭州诚淘网络科技有限公司,是她工作后的第二家电子商务企业。她说,在选择企业时,自己会比较看重企业的发展前景、发展理念以及公司管理人员的素质。之所以跳槽到这家公司,毫无疑问是因为这家公司本身基础雄厚,所在地杭州又是省会城市,销售市场、人脉资源都较大,她认为在这里将会有更广阔的发展空间。凭借自己的努力和销售经验，她一步步晋升为销售渠道主管。关于跳槽频繁这件事，徐卉学姐说："我觉得跳槽并不是一件不好的事情，公司在发展，人也在发展，换工作的过程也是个人素质提高的过程。"她表示很庆幸赶上了电商发展的这趟车，人生在世，难得找到一份自己感兴趣的工作。

公司产品展示区

公司大楼外景

当我们问到如何在工作中更胜别人一筹时,她说其实最关键的是要主动,要记得永远比别人多工作一个小时。徐卉学姐在工作中是一个"拼命三娘",不怕苦不怕累,在所有事情上都敢为人先。美国文学家梭罗曾经说过:"最令人鼓舞的事实,莫过于人类确实能主动努力以提升生命的价值。"人生就是一个主动追求并不断探索的过程。只有主动去拼搏,去争取,去奋斗,才有机会抓住机遇,不会留下遗憾。

生活篇: 顺从本心,快意人生

徐卉学姐的家乡在安徽省,但是她却选择留在了离家较远的杭州,她说道:"当初决定来浙江上学后我就没打算回去。"在生活中一定有这样的人,想要做一些事但是出于各种原因而畏首畏尾,不敢去做。但是这个世界总会有人做着你不敢做的事,过着你想要的生活。徐卉学姐便是这样的人,自己想留下便留下,没有那么多牵绊,没有那么多拖泥带水。人生在世,难能可贵的是顺从本心。

顺从本心,快意生活,这是生活本来应该有的面目,徐卉学姐有自己的生活情趣。她说自己喜欢咖啡,最大的愿望便是等以后自己有能力了,开一间小小的咖啡店,与赚钱无关,是兴趣所在。她还喜欢旅行,希望能走遍世界的每个角落,遇见不同的人,看不同的风景,回归自己内心深处的那片寂静。看得出,学姐确实是一个洒脱的人,如此快意的人生是有些人想都不敢想的。

除此之外,徐卉学姐还喜欢阅读,各类图书都会去看,不管是科幻小说,文学巨作,还是心灵鸡汤,她觉得用读书来充实自己是十分有必要的。徐卉学姐十分有兴致地向我们推荐了《三体》《遇见未知的自己》《演员的自我修养》《小王子》等书,她说这几本书都是很不错的,就看你如何体味其中的故事。

学姐寄语

当被问到能否给我们在校大学生一些建议时,她送给了我们一句话——人生难免会有弯路,但从来没有白走的路。不论是在学习还是在工作中,这句话毫无疑问都是适用的,我们人生的每一步、每一个选择都是有意义的。选择对了,你便成功了,选择错了,那也不算失败,可以让它成为下一个选择的垫脚石,继续向成功迈进。

采访后记

　　回顾对徐卉学姐的采访,我们发现,如今外贸、电商行业虽不缺乏市场,但竞争压力也很大,这也让我们明白了就业形势的严峻。如果没有过硬的专业知识及实操技能,拥有再高的学历也只是空壳。徐卉学姐用她的亲身经历告诫我们,在大学里,一定要学好专业知识,将来工作中一切运用的基础就是你的知识储备;但"纸上得来终觉浅",我们还要亲身实践,把握实习机会,将自己所学所得应用到工作中,不放弃任何一个锻炼自己能力的机会。其次,在学习之余,还要培养自己与人交流、沟通的能力,学校社团、各大竞赛等都是很好的平台,像徐卉学姐在校期间加入外联队,与商家谈判、协商,最终获得赞助,锻炼了自己的谈判能力和与人沟通的技巧。

　　坚强乐观、个性独立、坦诚率真是徐卉学姐的性格,锐意进取、敢于拼搏、求实创新是她的品质,她就是这样一个不甘平凡、敢于挑战的新青年,这样的精神值得我们学习。我们应像她一样,勇敢地做一个追梦人。

选择远方,风雨兼程
——访宁波市慈溪进出口股份有限公司业务员孙冕

文/图:张晓雨 赵雨桑

指导老师:李雪艳

孙冕,浙江大学宁波理工学院国际经济与贸易专业2015届毕业生,现为宁波市慈溪进出口股份有限公司业务员。一个带着甜甜微笑,披着齐肩黑发的姑娘,曾拿到英国曼彻斯特大学和伯明翰大学的录取通知书,却出乎意料地选择了投入贸易实业的工作中。一年的工作历练让她对外贸这个行业有了不一样的了解,苦过、累过,但也收获过。她始终坚信,兴趣是最好的老师,做一行,只有爱一行,才能真切地体会到其中的乐趣。努力工作,乐享生活,这些,一样都不能少。

第一次见到孙冕学姐是在她毕业答辩时,或许是缘分,我们小组同学刚好是他们班的答辩记录员。身为班长的她,从早上一直到下午答辩结束,一整天都在陪着班上的同学。热情、有责任心,是她给我们的第一印象。

🌐 学习正当行

关于学姐的成长经历,用她自己的话说就是"野大的",从小学开始就是"孩子王",虽然不是传说中的"别人家的孩子",但一路也算是成绩门门优。

"有人说,上了大学似乎学习的劲头锐减了,没有了鞭策,也就没有了动力。但是今天再想,其实还是自己过得闲散了。有时候逼一逼自己,其实什么事情都是可以扛过去的。"如今初入职场,回想四年大学生活,孙冕学姐也有了与之前不同的感悟，"工作后，才发现拥有扎实的专业知识基础会让自己多么自信。大学是基础教育，四年的时间会潜移默化地提高你的知识和能力。四年时间，真的很短，努力掌握专业知识，提高自己的专业技能，会让未来的自己轻松不少。"

社团抹亮色

孙冕学姐曾经在学生会文艺部工作，时至今日，她依然会怀念那时候部门中同伴之间的坦诚相待和团结合作。"在部门工作的过程中，印象最深刻的事情应该是办晚会了。每一次举办晚会活动，为了达到更好的活动效果，我们都需要注重每一个细节。自己去组织人员、准备节目、装扮舞台，虽然很累，但一步步的努力最后促成活动的成功举办，还是很有成就感的。在那个过程中，我锻炼了自己的语言交流能力，做事的细心和耐心，同时也对社会有了基本的认识。那是很艰难的一段经历，也是很难得的一段经历。"

"现在回头看，大学生活中占最大比重的应该是学生工作了。"除了文艺部部长，孙冕学姐还一直担任中美班的班长。她说："每一段的学生工作经历都给我留下了深刻印象。学生工作虽然繁杂，有时候也会让人产生焦虑情绪，但是教会了我很多书本上学不到的技能和能力。"

孙冕（左）与同事合影

大学生活中的第一个岔路口，便是选择继续深造还是就业。毕业前，本来准备出国深造的孙冕学姐已经拿到了几所优秀大学的录取通知书，综合考量各种因素之后，她还是选择了留在国内工作。被问及有没有后悔当初的选择时，她笑着说："没什么好后悔的，每个选择之后都可能有意想不到的收获，也并不一定说出国对我来说就是最好的选择。既来之，则安之。"确实，每条道路上都会有不一样的风景。

四年的时间一晃而过，大学生活也给孙冕学姐留下了美好的回忆。她说，大学生活是人生中最美好的、最值得珍惜的日子。在大学四年中，从懵懂到成熟，她经历了很多。也曾跌倒过，但庆幸的是，每一次跌倒，她都能重新爬起来，就这样一步步走向成熟。

坚定信念，投身外贸

选择了国贸这个专业，毕业之后从事的也是这方面的工作。但外贸行业向来是辛苦的，尤其是对一个女孩子来说，每天在外面跑业务，朝着目标努力，肯定都有累的时候。但有句话说得好，自己选择的路，跪着也要走完。既然选择了远方，便只顾风雨兼程。

比起大多数毕业生初入职场一波三折，孙冕学姐毕业后可谓是一帆风顺：选择了专业对口的外贸工作，成功进入了宁波市慈溪进出口股份有限公司。但这靠的不光光是运气，更多的是她坚持不懈的精神。她认定想要做的事便会尽全力去完成，她讲到了自己实习期间采访公司老总的故事。正如我们很多人所想，一个在校实习生采访一个大公司老总是多么艰难的一件事，但她认为再困难也要去做。首先，她在网上搜集公司的各方面资料，仔细了解公司的发展，并花了一个多星期的时间写了一篇文章；抱着试试看的心态，她将文章交给了办公室主任，没想到几天之后，行政部找到了孙冕，问她是否愿意来行政部，原来行政部看中了孙冕撰写文章的能力。功夫不负有心人，最终老总安排了一些时间接受了孙冕的采访。毕业之后，孙冕也是顺利通过该公司的面试，并成功通过实习期，目前已正式工作一年。在与同事的聊天中得知与自己一同进来的几个同事都是重点大学毕业，有的甚至是研究生，孙冕觉得自己是如此的幸运。但运气总是会眷顾努力的人，孙冕学姐能获得的一切与她的性格和做事态度息息相关。

孙冕学姐也和我们分享了许多外贸工作中的经验。首先，做外贸工作需要

工作中

耐心,更重要的是要有一个良好的心态。外贸工作比较繁杂,要有耐心去接受处理,特别是和工厂打交道的时候,一定要有足够的耐心。其次,外贸的每个细节都需要极大的细心,最大程度避免错误的发生。在学校里我们只是学到了一些基础的贸易理论知识,一些产品的专业知识我们根本就不曾接触过,就像刚开始的时候,面对公司里面种类繁多的产品,许多类别都不能很快分清楚。这就需要我们去熟悉产品,这是一个外贸业务员的基础工作,必须花时间达成。最后,作为一名外贸业务员需要具备一定的信心,业务中遇到的有些情况是根本就不能预料的,这就需要我们有信心去接受这个挑战,以良好的心态去面对新情况,克服新困难。

孙冕认为刚进职场应遵循温总理说过的"仰望星空,脚踏实地",要有追求的目标,但是务实和虚心也必不可少,不能好高骛远,不要眼高手低。我们需要锻炼的就是尽一切可能保质保量地落实一件事的能力,是金子总会发光的。

学姐寄语

孙冕学姐说,对于还在校园里想象美好愿景的大学生来说,社会的现实可能会让你们感到些许的无力与不适应,但是最重要的是,要时刻告诉自己可以去完成。人的潜力是无限的,关键在于自己能够开发出多少,多尝试,总会有惊喜。你的心有多大,你的舞台就有多大。

孙冕学姐还说,一定要有目标,只要制订了目标,就永远没有晚了这一说法。可能有很多人依然处于迷茫期,从高中紧压的环境一下子进入到大学宽松的氛围之中,对学业、对未来都有太多的不确定。但时间不等人,年纪也不断增长,希望大家能尽早走出这种迷茫期。一旦你确定了自己的目标就要付出很多的努力为之奋斗,在路途中不断发现自己,认识自己,坚定决心。

比如说大四开始准备考研你觉得晚了,但是你即使没考上也还有明年,不会晚的。你说好的工作找不到,你可以先找到差不多的工作之后,再跳到你理想的单位。人生没有死胡同,路永远是活的。学姐说只要下定了决心,干什么事都不晚,在实现目标的过程中不要迷失自己的方向。不忘初心,方得成功。

🌐 采访后记

追逐没有尽头,梦想不能止步,需要走的路还很长,需要经历的事还很多。"理想主义"与"历久弥新",这两点十分重要。年轻人要有一点理想主义,要有改变世界的豪情,大胆的想法,不过光想还不行,要从改变自己开始,也就是要有现实主义,不过似乎现在更多人忽略了前者。

大学生对社会有一些恐惧,因为社会上的负面因素和挫折而对环境失望,但即使有这些现象存在,我们还是应该保持一颗年轻的、坦诚的赤子之心,去做一些疯狂的事情,去做我们这个年龄该做的事情,坚守自己的信仰与喜好。历久弥新,这也是我们要一直秉持的一种态度,就是让自己每段时间都有一个全新的自我。其实在经历了很多事情后就会发现,人生是需要等待的,珍贵的东西总是生长得很缓慢,杰出的人才也往往都是成长在别人看不到的地方。历久弥新的品质总是比稍纵即逝的浮名来得更加重要。

仰望星空，脚踏实地

——访宁波富成国际货运代理有限公司总经理助理杨童杰

文/图：卜舒宇　汪银烨

指导老师：李雪艳

　　杨童杰，浙江大学宁波理工学院国际经济与贸易专业 2013 届毕业生，现任宁波富成国际货运代理有限公司总经理助理。在校时曾任学生会外联部部长和就业与职业协会外联部部长；与朋友联合创办了校多多大学生综合服务网站和线上大学生兼职服务中心。毕业后就职于宁波富成国际货运代理有限公司，目前主要负责协助总经理统筹公司运营管理，制定公司各项制度，实施人才和文化活动建设等。言行举止温和，轻言轻语但思维敏捷、条理清晰；不喜欢浮夸的表现，只在乎脚踏实地走好每一步。这就是我们对他的印象，一个平凡、简单的追梦人。

青春不朽，记忆花开

　　杨童杰学长很怀念在浙江大学宁波理工学院的四年时光，他说那是让他受益良多的人生阶段，不但让他结交到很多志同道合的朋友，也为他如今的职业生涯添色不少。他说自己曾是腼腆内向的人，上了大学之后，开始尝试着变得开朗，结交不同的朋友，参加学生会等组织。社团组织可谓是优秀学生的聚集地，在他们身上可以学到很多，诸如交际、沟通、协调、组织等能力都能得到很好的锻炼。这些平台不仅可以让大家的心走得更近，让彼此相聚交际，也让大家有了很多实战锻炼的机会。杨学长回想：当年在外联部时，有很多拉赞助的任务,需要主动到校外寻求合作商家,这是我们接触商家甚至企业家的最好的窗口。学生会外联部的工作为他的发展提供了大平台,他逐渐学会如何与商家谈判,也为自己之后的职业生涯打下了良好的基础。

生活中

与很多大学生一样,杨学长在他大一、大二的时候也不知道自己需要什么,应该怎样去寻找目标,十分迷茫。那时他经常会主动去找一些学长学姐沟通,希望能从他们身上学习到一点经验或者找到问题的答案。因为前辈们的社会阅历相对比较丰富,可以给出比较中肯的建议。有了人生目标就好比大海中的帆船看到了引航的灯塔,指引着它扬帆起航,驶向远方的港口。

🌐 稳扎稳打,厚积薄发

临近毕业那会儿,同学们都在各大招聘网站和学校招聘会上疯狂投递简历,而这些简历大部分都石沉大海,杳无音信。所有人都不想错过任何一个机会,只要有面试通知就会很兴奋。而现实很残酷,这样的煎熬期可能会持续几个月。杨学长认为,从长远看,大学刚毕业便能获得高收入工作的人,往往没有靠吃苦耐劳慢慢晋升的人走得踏实久远。杨学长告诫我们,初入职场,很多人会满足现状,但此时却恰恰是我们学习的黄金时间,这段时间累积的经验,

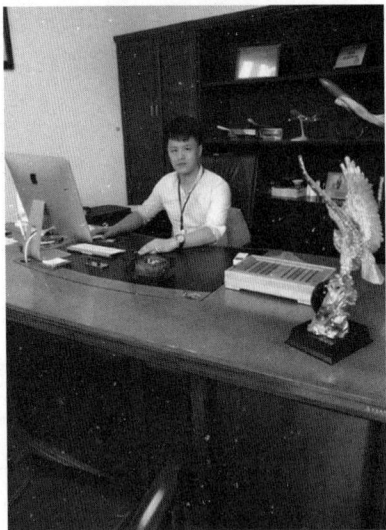

工作中

学会的处事方式将是终身受用的。而如果一开始被高福利所麻痹，那我们就会失去奋斗和努力的动力，最终将被社会淘汰，也会失去我们认识最强大的自己的机会。人就像一根没有弹力限制的弹簧，只有不断地尝试以及挑战才能最大程度地发挥自己。

大学四年是人生中最美好的时光，大学校园是我们汲取大量知识和广交朋友的地方。未来是由现在的每一步构成的，现在的你就是未来的你的缩影。面对未知的未来，我们唯一能做的就是过好现在，学好自己的专业，增加自己的知识储备，而不是在迷茫中感叹学习无用。把握住现在就等于抓住了未来。

当然除了学习本专业的相关知识，自己也要有意识地培养一些能力。他认为，交际能力、文案策划能力、逻辑推理能力和知识储备是对工作帮助最大的几种能力。为了适应社会，我们必须给自己配备更多的知识和能力来武装自己。在考虑进入外贸这个行业后，杨学长经常提醒自己要锻炼与人沟通的能力，培养主动与人打交道的意识。如今我们看到的他，已是一个谈笑风生、幽默风趣又不失稳重的企业精英。杨学长告诉我们："不要害羞，不要怕说错话，因为这些都是正常的，可以被原谅的，要用积极的心态去面对各方面的质疑，要做好自己。"大学的学习环境是多元化的，在校期间要积极和他人沟通，切忌将自己封闭起来。列夫·托尔斯泰的名言"与人交谈一次，往往比多年闭门劳作更能启发心智，思想必定是在与人交往中产生"，正是告诉我们与人沟通的重要性。

以梦为马，驰骋流年

宁波富成国际货运代理有限公司是杨学长在校招的时候应聘的，如今作为公司的管理者之一，他认为管理企业最大的困难在于如何让公司一天比一天好，如何让管理变得更加轻松。因为公司员工都是来自不同的地方，有自己的个性，要让员工们百分百地对公司尽其心力，跟着公司的步伐或者规章制度走,是非常困难的一件事情。杨学长认为管理不是一种手段,而是一种哲学;最高境界便是以德服人,员工不再需要被监督,不再被动,而是会自觉、主动地服务于公司,贡献业绩。对于这个难题,他力争通过制度创新来实现管理高效化,但是理论虽美好,实践中却是问题重重。但是他相信,只要方向对了,方法对了,剩下的便是时间问题而已。

公司及所获奖项

杨学长至今一直在宁波富城国际货运代理有限公司工作,没有跳槽经历。他认为目前的求职环境非常严峻,创业环境也是鱼龙混杂,虽然外贸行业已经不是朝阳行业,但是未来还是明朗的,因此,他打算继续深入做下去。他说:"选择了一家公司,就像进入了一个家庭,也就意味着我们必须把公司看在眼里,公司好的地方我们可以鼓掌赞颂,不好的地方也不要去抱怨,想好解决办法与老板诚心地交流,让公司变得更好。"此时不管你的能力是否超越了别人,但可以肯定的是,你的价值在老板眼里绝不会低。

仰望星空,脚踏实地

刚毕业的几年是工作经验快速积累的时期,刚从学校走入社会,其间必然有很大的落差。时刻调整自己,以不变应万变,学会从艰苦的磨炼中成长是一项必不可少的技能。现在很多经贸学生都想端起投行的饭碗，甚至将其定为自己的最高职业理想，杨学长觉得其中有太大的盲目性，都是人云亦云，或者是面子主义，其实根本不了解自己喜欢什么，或者是否适合去做这份工作。所以，尽早定好自己的目标是一件十分重要的事情。

公司里同时负责招聘事宜的杨学长给正在找工作的学弟学妹们也提了一些中肯的建议。第一，简历不需要花哨，在面试时，面试官便能得知简历的真实性如何，所以建议简历以简单为好，突出重点。第二，自我介绍过程中，利用简短的时间尽量体现简历上所未提及的信息，因为简历上的资料面试官能看到。回答面试官的时候，尽量用故事描述来突出自己的品质优势，因为面试官需要侧面验证简历的真实性。至少明白自己的三个优缺点，并可以举例说明。不要害怕说缺点，越真实越好，因为人无完人。第三，衣着得体也是比较关键的，不夸张地说，这有可能直接影响你的去留。第四，实事求是。若是在面试的时候，被面试官问到不懂的问题，无须不懂装懂，还是那句话，越真实越好。但是需要巧妙地弥补，比如说某方面自己是不懂，因为在学校期间没想到这块有那么重要，但是相信自己能学好。然后通过某个实际例子来证明自己的学习能力很强，只要自己肯学，自己肯定会在最短的时间内学会，不会让公司失望等等。公司永远不会拒绝谦虚但学习能力强的员工。

采访杨童杰

🌐 学长寄语

　　杨学长对于应届生求职谈到了一些理性的建议:"虽然大家都喜欢'高富帅',但是'高富帅'不一定适合你。"一句看似略带讽刺的话语,但是本意上却是在说明一个道理:我们择业时可以给自己拓宽范围,多点理性的思考,结合自身的喜好、优缺点,以及知识储备,做好一份长期的职业规划,不要盲目追求高大上的职业。

　　杨学长建议学弟学妹们在大三时便要开始自己的职业规划,利用后两年的时间结合班导师和任课老师的建议,逐步完善自己切实可行的职业规划。因为这份规划就是一盏照明灯,可以让自己少走很多的弯路。并且要时刻提醒自己,不要迷茫,就按照既定的目标与路径前行吧!

　　同时,大学生们都应把握好在一些学生组织,例如学生会里的锻炼机会,通过这些平台的锻炼肯定会收获颇丰。不要说自己做不到,要积极地去尝试,毕竟我们还年轻,失败了可以总结经验后再继续努力,最后得以实现我们的目标。

🌐 采访后记

　　通过对杨学长的采访,我们对外贸和物流行业的发展有了全新的认识,了解了国际贸易行业的发展状况和发展前景,从事管理工作需要的品质和能力,经贸专业毕业生所面临的就业形势和职场信息,应聘工作岗位时需要注意的一些事项及很多为人处世的道理和方法等。没有亲身的经历,就无法清楚地了解当今就业形势的真实状况,就只能让自己继续隔绝于社会之外。社会的复杂多样,变幻莫测,是在书本和学校里无法感受和洞悉到的。我们对于这次的访谈颇有感触。

　　杨学长也给了我们很多具有实质性的建议。他一直提到大学生应该有明确的职业生涯规划,积极争取学习和进步的机会,才能获得更多的能力。每一步都走在别人前面,你便会有更多的机会。要注重积累个人信誉,按照诚信的原则办事,注重人脉的积累,要多听听成功的前辈和朋友的意见、建议等等,那一定会让我们获益匪浅。

　　这次采访,让我们感受到杨学长乐观的心态、笃定的信念和执着的努力。通往成功的路途还很遥远,但是每一段路,杨学长都有信心走过。这是奋斗之后的从容,是积累之后的自信。相信不久的将来,凭着他的自信与坚持,迎接他的将是他应得的辉煌。同样,对于我们当代大学生来说,更应该学习他那种不畏困难、积极向上的心态,不懂就问、不怕吃苦的精神。或许,未来我们将面临更多挑战,但请你就这样仰望星空,脚踏实地,一步步向梦想迈进吧!

扎根平凡　甘愿奉献

——访浙江大学宁波理工学院成教学院老师曾晓清

文/图：李燕　施小逸

指导老师：李雪艳

　　曾晓清，浙江大学宁波理工学院国际经济与贸易专业 2014 届毕业生，现任职于浙江大学宁波理工学院成教学院，负责学生管理工作。初见晓清学姐，她谈吐随和亲切，做事耐心仔细，虽在平凡的岗位上，但有着自己的执着，脚踏实地走好每一步，在自己的工作岗位上发光发热。这份安稳简单的工作也许缺少激情和波澜，但最适合她。曾晓清学姐在校期间便在此岗位兼职四年，毕业后工作两年，就就业业，无怨无悔。这种扎根平凡、甘愿奉献的热情与精神正是她身上的闪光点。

一如既往，积跬步以至千里

　　很多人都说，进入大学就是一个新的转折点，是进入社会前的经验累积阶段，因此，大学期间有个明确的目标并且为之付出努力是很常见的一件事。晓清学姐大概就是最平凡却最典型的例子。她说，一直以来，她都清楚未来的路怎么走，毕业后便工作。刚听到这个目标，我们都觉得太过简单平凡。但是从之后的谈话中，这个看起来普通的晓清学姐却让我们燃起敬佩之情。

　　她的大学四年都在学习与兼职中度过，大一摸索，不断地寻找兼职工作，偶然在院内得到学生助理职位。对很多人来说，兼职与学习，好比鱼与熊掌，不可并重，还是应当以学习为主，兼职只能称之为课余活动。而对于晓清学姐来说，这却是机遇。在毕业后，她能顺利留校，不用像其他同学那样四处寻找工作,正是因为兼职工作的积累。她说:"事情做久了,大家都了解你这个人,觉得你做事还靠谱,事情交代给你会放心,我觉得这就是个人的价值吧。"所谓的个人价值,在每个人心中都能得到不同的定义,在晓清学姐心中,得到别人的信任便是发挥了自己最大的价值。她说曾经有句话像颗石子扔进了自己的心湖,令自己久久无法平静:"我已经没有把你当作学生来看了。"也许是其他人发自内心的一句话久久触动了她的心,这就是对她工作最大的肯定吧。

让人敬佩的正是晓清学姐对简单目标的追逐与坚持。看着晓清学姐回忆起大学时光时那令人动容的眼神,我们不得不反思,我们的大一大二是如何度过的。

有人虽为泥土,却心怀万物;有人甘做小草,不起眼却坚韧;有人愿成参天大树,直冲云霄。目标不管远大还是渺小,坚持到最后才会让一切变得有价值。也许晓清学姐的目标平凡,但她在实现自己的目标过程中始终认真并且坚持不懈。

寸金光阴,日积月累见功勋

最实在的金句或许就是,"时间就是金钱",以及"知识就是力量"。晓清学

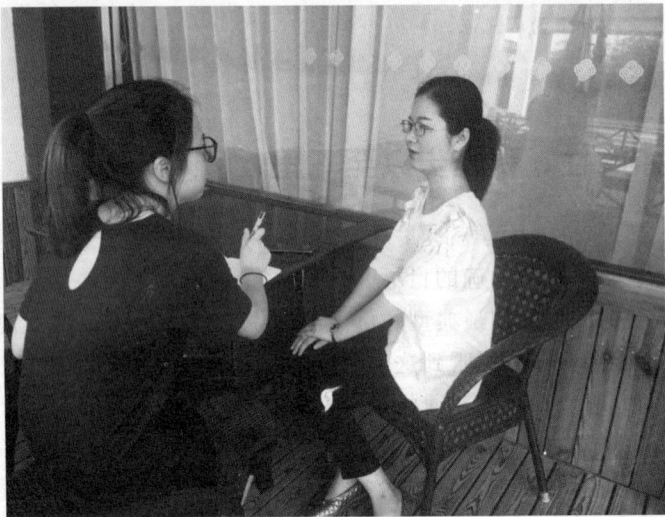

采访曾晓清(右)

姐的大学生活可以概括为三点一线：寝室—教室—办公室（兼职）。不得不说，这样的生活听起来可能比较枯燥，但是她不经意提到的一些兼职中的小趣事让我们觉得她的目标其实也很生动。将自己的时间安排得滴水不漏就是她最大的乐趣，虽说是劳逸结合，但是重在"劳"字，才能让自己不处于颓废无聊的状态，思考和行动的停滞会导致漫无目的和了无生趣。若能将最美好的四年时间好好把握和充分安排，谁都不知道会有什么奇迹发生。将工作与学习有机结合，分秒必争，这是晓清学姐给我们的最深刻的印象。忙碌并不是盲目，晓清学姐让自己的生活处于健康的状态。如今正常的上班时间以及轻松的周末假期就是她追求的生活节奏，这样的生活也许少了激情澎湃，却安稳有序。

今日复今日，今日何其少，今日又不为，此事何时了。如何将这种众人皆知的道理贯彻于我们的大学生活和未来的职业生涯，是我们一生的必修课。在大学的准备阶段，我们应该像晓清学姐一样，让自己处于有效率的忙碌状态，而不是荒废课时，热衷于玩手机打游戏。一直为自己的目标而奋斗难道不是一种乐趣吗？

🪐 脚踏实地，有志者不在年高

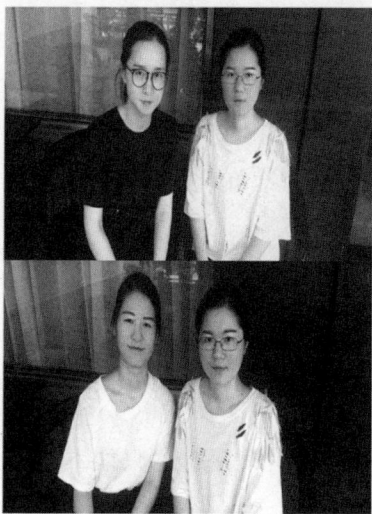

本文作者与曾晓清（右）合影

与现在毕业生们急躁或迷茫的状态不同，曾晓清学姐对自己有着清晰的定位，脚踏实地走好每一步。避开社会的浮华喧嚣，避开急不可耐和急功近利，不急不忙慢慢成长，这大概是她最想要的工作状态。如今多少人或好高骛远，或迟疑迷茫，"脚踏实地"大概能给出最明晰的解决方案，而多少人又在这迷圈里无法自拔。

她与我们分享了她步入社会后的工作感悟。在第一次遇见超过约定时间还没有完成事情却理直气壮找借口推脱的合作伙伴的时候，她对对方的这种行为充满了惊讶和不解，还跟朋友们感叹自己遇见了珍稀物种。而后的日子里在工作中又遇见了各种各样的人和千奇百怪的事，慢慢地没有了当时那种大跌眼镜的惊奇感了。她说理解并尊重多样性是这两年多的工作教给她的最重要的事。

尽自己最大的真诚并用令对方舒服的方式去沟通，努力做好每一件手边事，即便真诚与善良并不一定会换回对方的真诚和善良，即便对方是傲慢固执的，是敷衍了事的，但那又怎样呢？严以律己，宽以待人，但求无愧我心。现在的她在遇见不可理喻的人与千奇百怪的事的时候，依旧没有办法像那些久经职场考验的人一样见怪不怪，云淡风轻，但至少学会了淡定面对。

学校这个小社会容纳了个性迥异的人，你可以保留自己的个性。而踏入社会后，你需要收敛你身上的刺，但如果被对方刺得满身伤，淡定面对便是良药。

她也曾动摇过，迷茫过，也曾多次跟同事分享她的迷茫与无力感，羡慕同事的大气、淡然和敞亮。而那位同事则跟她说："你要相信你所有的努力都不会白费，总有一天会回报给你，如果不是现在，那就是将来。"于是她欣然喝下这碗心灵鸡汤，继续内心明亮地野蛮生长，不负春光，也不问路在何方，反正总会到达。

工作中

她始终相信人生就是一个舞台，台下有一堆替补演奏家，你只能不断排练，那样你登台的时候才会从容，才会成为明星。

现在，晓清学姐不仅踏实地干着本职工作，还积极利用专业知识，在工作中创业。她以微信公众号为载体,服务于整个高教园区,为高校学生们带来及时的兼职信息,并且向内扩展多项服务,例如打印配送等,为在校大学生们带来便利。当想法蹿出了火苗,只有及时扇风添柴才能使之成为火焰。微信公众号刚开通不久,便已为数十名大学生对接了兼职信息,几人的小群也已不断发展壮大。只要愿意,即使扎根平凡,也能在平凡的土壤里开出不平凡的花。

学姐寄语

晓清学姐遗憾自己在大学时未能加入社团和学生会,失去了结交更多朋友和取得丰富经验的机会,但学姐建议我们大一可以根据自己的喜好和特长选择一两个社团,而大二时如何发展则由自己的计划而定。

学姐强调要学着树立个人的品牌价值,有时候个性和特点也是自己的优势,然后坚持下去,也许会得到意料之外的结果。她建议我们在大学期间要注重自我锻炼、积累和提升,这是日后工作坚定的基石。

采访后记

与晓清学姐的相处不过一顿下午茶的时间,徐徐展开的聊天让我们感到轻松愉悦。尽管晓清学姐讲述的不过是自己的工作经验与经历,但也让我们认识到大学时期与职业规划的重要性。学姐的大学四年都是在学习与兼职中度过,没有什么大风大浪、跌宕起伏,然而她也成功过上了自己喜欢的生活。这也让我们开始对自己的大学生活和职业生涯进行思考,我们的目标是什么,我们的计划是什么,我们的信念有多强。不管目标是什么,从现在开始做,此时此刻就开始行动。

学姐的工作看起来也许很平凡,但至少学姐坚持四年完成了自己的目标,让生活充实和健康。平凡人有平凡人的快乐,有平凡人的闪光点,这正是我们需要学习的。我们在学姐身上看到了满足和坚韧,看到了对生活的热爱,看到了在简单的生活里寻找一个平衡点。

大鹏展翅初现锋芒，创业之路扬帆起航
——访创业者马俊鹏

文/图：孟沁瑜　侯洁宇

指导老师：李艳丽

　　马俊鹏，浙江大学宁波理工学院国际经济与贸易专业 2016 届毕业生，是一名创业者。马俊鹏曾自主创业经营过外卖品牌，现于浙江大学宁波理工学院新宇食堂美食苑投资了一家粥铺，同时任职于优狗信息科技。创业犹如在波涛汹涌的海面上驾驶一艘小船，创业者便是这艘小船的船长。小船与船长、水手在惊涛骇浪间穿梭，远航于海天之间。船长在旅途的终点分享了他们的故事。

🪐 船长介绍

　　"我的名字是爸爸翻遍字典给我取的，取这个名字是家里人希望我可以如大鹏鸟一样志存高远，展翅九万里。"说完学长不好意思地笑了笑。

　　马俊鹏的高中生活和大部分学生一样，为了考上理想中的大学，在繁重的高考压力下，鸡鸣起，踏月归。两点一线，每天似乎只是前一日的重复，但在不知不觉中已经走了很长一段路。六月放飞希望，九月入秋便如寻常农户般收获这一年的硕

工作中

果。收到浙江大学宁波理工学院的通知书，满怀期待地进入大学，和大部分初入大学的新生一样，马俊鹏选择了把大部分热情放在校园生活及组织活动上。"大一在很多部门锻炼，比如说校学生会，党员工作站，主持队，话剧队，所以大一比较忙。"马俊鹏说道。

发现航海图

对于整个大学四年的计划，马俊鹏并没有详尽的安排与规划。虽然有的时候还是会迷迷糊糊的，但谈到创业这个想法时，他却无比坚定。但是创业并不是一件简单的事情，从孕育这个想法到实现，其中还有诸多问题等待克服，也有许多细节值得思考，所以在各个方面时机还没有成熟的时候，马俊鹏首先选择了学习专业知识、积蓄力量，因而一开始只对整个市场持观望态度。在大一期末前，马俊鹏才真正开始决定做点什么，按照所学知识的指导，他先从学校这个小社会开始分析。当时的他从校园的日常生活里面发现学生们的需求，冒出了很多想法，比如开学拍纪念照，毕业拍毕业照，军训期间代为洗衣服，代办公交卡，但是经过前前后后的实践才逐渐发现，外卖才是最可行且利润最高的那个行业。起初想到做外卖也是因为当时所有的外卖都只能送到寝室楼下，对于有些"懒蛋们"来说，跑下去实在是太痛苦了，所以他就冒出将外卖送到楼上的主意来。与此同时他也碰到了三个志同道合的伙伴，他们至今也是马俊鹏最好的朋友。万事不能光说不干，他们一行人就开始对校园内及周边的外卖店做了详细全面的市场调查，对搜集的信息进行分析之后，最终定下了他们的创业方向。

创业小船扬帆起航

在创业的起步期，他们也遇到了不计其数的困难，其中最难跨过的那座大山，就是后厨问题。在餐饮行业，赢得顾客的胃才能赢得市场，一个外卖店如果没有后厨就相当于失去了它的核心。于是他在这个方面想尽了办法，最后采取的方法是和学校食堂合作，将后厨外包给食堂。食堂方面负责加工，而马俊鹏负责销售，挂他们的外卖品牌。寻求合作伙伴的期间，他们同样磕磕绊绊碰了好多钉子。"当时找了好多饭店，东裕，学府一号，甚至想自己做后厨，同学也曾尝试自己做后厨，后来做得很不好，从安全、位置、价格几个角度考虑，最后选择了学校食堂。也无比庆幸老食堂当时的主任比较开明，新宇食堂当时就拒绝了我们的提议。合作开始后也是矛盾重重，口味、速度、结账周期，但是能走到一起总归是有一定的共同点。沟通万岁，套用周总理的话，求同存异。"想起当时的困难，马俊鹏感慨道。

自主创业的外卖单

俗话说得好，众人拾柴火焰高。马俊鹏在创业时也召集了一群志同道合的伙伴，在提到和伙伴们一起创业发生的趣事时，马俊鹏笑着说道："我们基本上都是同班同学、校学生会同部门和党员工作站的朋友。在一起创业的每一天都很有趣，那是我大学里最宝贵的回忆。下雨天冒着大雨抱着外卖穿梭在各个寝室楼之间，还要躲开学校里不让乱窜寝室楼这一类的检查。当然我们也招了部分送外卖的人，男生送男生楼，女生送女生楼。当时除了查寝室这个方面，还有就是因为我们的外卖业务并没有实体的店铺，于是只好将送餐的大本营选在了食堂，然后我们就坐在食堂里接订餐电话，打送餐电话。你可以想象电话一直响不停，一盒盒外卖装满送餐小自行车的场景，还有风一样的同学骑着小车在校园里打着电话说'同学你的外卖就要到啦'。有的时候也会让订外卖的人等很长时间，很多客观因素的存在耽搁了送餐时间，也和同学发生过一些不愉快，但一起送外卖的经历留下了非常多值得我们去永久珍藏的回忆。因为那些年的风风雨雨使得魏滢（与马俊鹏一起创业的伙伴）也成了我大学时代最好的朋友之一。"通过与学校食堂的合作,马俊鹏的外卖生意取得了不小的收益,赚到了大学里的第一桶金,也是人生中的第一桶金。后来因为时间精力有限,也因为他们已经在外卖经营过程中积累了很多经验,所以在后期就把这项业务停掉了。随着线下交易的全面发展,马俊鹏后来将目光投向了O2O外卖平台,理工校园线上的外卖平台"淘点点"能被这么多人知晓就是马俊鹏推广的成果。"后来改名叫'口碑外卖',然后和'饿了么'合并了,理工最早的线上外卖就是我们做的推广。"对于他的创业,他的家人也很是支持。"家里人一直将我置于放养状态,在我遇到困难的时候也会为我出谋划策。不仅仅局限于创业,在其他方面他们也很开明,路随我走。一句话形容吧,父爱如山,深沉严格,母爱如水,温柔细腻,我一直很庆幸自己有一个很幸福的家。"

马俊鹏在毕业之后仍然选择了自主创业。他提到最近要在学校新食堂二楼开一家粥铺,他占了其中的一部分股份,而且同时他也在做传媒公司和信息科技公司,新食堂的支付宝付款业务就是他们做的。学生们在新食堂二楼进行消费,通过手机上的支付宝应用软件付款,可以获得一定的优惠,在这种做法中他们也可以拿到部分提成,支付宝从而也推广了这种新的付款方式。

我们问到大学四年匆匆而过,回首过去能给自己打几分。他轻轻摇摇头叹了口气回答道:"70分。精彩,但是有点懒惰,缺少规划。"对于大学里最大的收获,他用了四个字回答:"真诚待人。"这四个字想必即将跨入社会的大家都可以理解,只有真诚待人,才可以获得别人的信任与真诚。尤其在创业中,面对左膀右臂般的创业伙伴,我们都应该怀着一颗真诚的心,因为我们是一个整体,在创业这条艰难的道路上我们不能没有合作伙伴,就像没有人愿意砍掉自己的手臂那样。正是因为马俊鹏学长以这种真诚的态度结识了越来越多可靠的朋友与创业伙伴,他才能在创业道路上与伙伴们一起加油前进。

当被问到毕业后有没有感觉到理想与现实的落差时,马俊鹏回答道:"没感觉有什么落差,做的都是自己决定做的,可能是比较早接触社会吧,也有成长环境、性格的原因,所以我觉得没遇到什么困难。"我们也真诚地祝愿学长万事都能顺风顺水。

对于未来的规划,他提到了想在三年内买房,之后去加拿大、澳大利亚、美国玩一趟。"我觉得自己做做东西挺有意思的,每天玩反而挺无聊的,这是我的切身体会。而在工作方面的规划以及公司规划,具体的就不和你们细说了,因为有些现在还在筹划阶段,不方便透露,希望能够见谅。"他如是说道。总之对于马俊鹏来说,人生之处尽是机遇,重要的是你有没有这个胆量去尝试和能不能够把握住机会去创造辉煌。就算失败了也没有关系,大不了从头再来。

趁着我们正年轻，只有去勇敢尝试、努力拼搏、抓住机遇，才能够去创造更加美好的明天。在这里我们祝愿学长可以人如其名，如俊马驰骋千里，如鲲鹏翱翔九天。"吾婿英年有志，前程远大，苟发愤力学，将来凤翥鹏翔，何可限量。"

🌐 学长寄语

在采访的最后，马俊鹏学长分享了两句话给我们。第一句话是：This too shall pass.相传是犹太王刻在戒指上的，意思是一切都会过去，也就是说无论荣耀还是艰辛都会过去。得志莫忘形，失意莫落寞，珍惜时间，把握当下。第二句话是：知道了航向和终点，剩下的就是帆起桨落战胜风暴的努力了。（毕淑敏）马俊鹏认为，无论你准备做什么，都一定要有规划，因为时间过得非常快，如果没有目标的话，就只能随波逐流！

🌐 采访后记

通过这次对马俊鹏学长的采访，我们了解到了关于自主创业的一些知识与其背后的艰辛。在自主创业中，一个合理的可实行的创业想法是相当重要的，除此之外，我们还必须具有专业的知识基础与实践经验。当然，在创业过程中，志同道合的合作伙伴也是相当重要的存在，好的合作伙伴可以激励自己，一起进步。在采访中，学长也给我们分享了很多宝贵的经验，最重要的两点就是：珍惜时间，规划未来。我们一定会遵循学长的教诲，也希望学长的未来可以一帆风顺，驶向更加辽阔的海洋！

含苞只为怒放

——访宁波盛威国际有限公司销售专员张洁文

图/文：陈介壹　包顺帆

指导老师：李艳丽

张洁文，浙江大学宁波理工学院国际经济与贸易专业2013届毕业生，现为宁波盛威国际有限公司销售专员，主要负责欧非市场业务。进入盛威国际这个充满活力的公司之后，她的目标非常明确，她为自己制订的十年计划也在慢慢实现。张洁文认为，确立奋斗目标后，能一步一个台阶走上去，那么顶峰不会离你太遥远。勇于攀登，超越自己，才是精彩的人生。

🌐 初闻花香

当我们的预约电话挂下，确定了张洁文学姐成为我们的采访对象后，我们内心是期待的也是焦灼的。我们通过她的微信朋友圈了解到她最新的动向，也依此准备了问题。看着她搞怪的照片，我们觉得她与我们的距离并不远，充满了年轻活力的感觉，让我们也放松了不少。

我们相约在咖啡厅采访。当张洁文学姐进门时，青春美丽中又带着几分成熟的魅力，对于这一点，我们的意见是一致的。对于我们的问题，张洁文学姐都是耐心地解答，这份耐心温柔也使我们渐渐放松了紧绷的神经。如果说女生是一朵花儿，那张洁文学姐就是一朵散发着淡淡香味，清新而美丽的茉莉花。

淡香残留

　　下午三点，三个人围坐在小圆桌。我们在这间不大的咖啡厅里聊起了过去、现在、未来，似乎思想不再局限于一室之内，像爬山虎在屋外的高楼大厦乃至更远的地方生长着。

采访张洁文（中）

　　而此前我们了解到，盛威国际是全球安防领域的行业领航者之一，在中国、美国、欧洲、东南亚等地设有多家分支机构。发展至今，盛威已在法国、德国、土耳其、美国、英国、澳大利亚等国家收购和并购了多家保险箱相关制造和销售企业，并相继设立了海外分公司，在越南建立了生产基地，公司通过 UL（美国保险商实验室）、CE 等多项国际认证。对于那时候刚毕业的张洁文学姐来说，这无疑是一个新的世界，公司的根基如此深厚，那么是什么让她坚持下来为之奋斗的？

　　学校是港湾，一毕业我们仿佛失去了引力，面对茫茫前路不知该如何去探索，就像在海洋中漂浮，救生圈却突然消失，失去了安全感。张洁文学姐认为公司的企业文化很重要，它就像定心丸一样，稳住公司内部的结构和人员，这样公司才能以向上的姿态不断前进，应届毕业生也能有信心留于此处安定下来，认真做事。

对于学校社团里的风云人物，大家都觉得他们毕业后会在职场中如鱼得水。张洁文学姐笑了笑，跟我们讲述了她以前的经历，她曾担任过学生会社联主席团，后来参加青马班。在社团中的确可以认识很多人，但这些人脉不一定有用，因为大家行业不同，影响力很难保障。但在人际关系的处理方面，可以让人学会很多方法，这一点是肯定的。总而言之，社团可以锻炼人际关系的处理能力。

🌐 学姐寄语

对于大学四年的规划，张洁文学姐有她自己的看法。要考虑自己专业的贴合度及自己对工作的要求，把一些必备的证考出来，可以增加自己的资本。特别是外语，对外贸行业而言特别重要。除了英语之外，在时间允许的情况下第二外语也是有必要去学习的，可以提升个人竞争力。这样在与特定客户交流方面，会省去很多沟通上的困难。当掌握了多种语言，你的客户圈子就会扩大，这有利于自己进一步上升及争取出外锻炼的机会。

张洁文学姐对于我们之后的实习单位的选择也给出了一定建议，她说有机会就要去大企业实习，大企业的公司制度与管理模式比较成熟，对于我们以后正式踏入这个行业会有很大的帮助。所以应聘过程中，一定要清楚自己想要什么，而企业能给你什么。

🌐 采访后记

很高兴张洁文学姐愿意与我们分享她的一些宝贵的人生经验，给我们上了一节很生动的课。通过采访，我们对国际贸易的行业发展以及行业对从业人员的要求有了更加明晰的了解。在这个日新月异的时代，社会对我们提出了更多更严格的要求，这也让我们认识到自身的不足，明确了未来还有许多的专业知识、人际沟通能力、制度规范，以及创新思维需要去学习培养。冰冻三尺，非一日之寒，想要达到这些目标并不容易，但我们愿意在未来的实践中，不断践行，磨砺意志，并为之努力。

拿破仑说过，不想当将军的士兵不是好士兵。每个人为了自己的目标而努力,而积累是其中不可缺少的因素,积少成多,量变引起质变。不积跬步,无以至千里;不积小流,无以成江海。而张洁文学姐在这个大企业中也在慢慢学习进步,她也给自己定了一个目标,制订了一个十年计划:提高自己的业务能力,当上欧非部的业务主管。她自己心中有那样一份追求和执念,我们相信她总有一天会用那份守候的星星之火,燃烧整片草原。张洁文学姐总有一天会像那驰骋于天际的雄鹰越过山峰,看到最美的太阳。

这短短的两个小时的采访给我们未来的规划提供了一些想法及启发,并使我们有理由相信在不远的将来,我们的事业之花也会同样璀璨夺目。

怀器在身，以待其时

——访宁波诺远控股有限公司市场部经理李芦苇

文/图：陈建龙　詹逸山

指导老师：李艳丽

　　李芦苇，浙江大学宁波理工学院国际经济与贸易专业 2009 届毕业生，现任宁波诺远控股有限公司市场部经理。在校期间曾任学院外联部干部、校广播站成员，毕业后曾任职于汇丰银行宁波分行、宜信财富等企业。一次偶然的机会，她入职宁波诺远控股有限公司并担任市场部经理。她认为，"不应该给自己设定框架，要勇于尝试，敢于挑战自我。实现梦想的道路并不可怕，而机遇只留给有准备的人。前行的道路固然有磨难在等着你，咬紧牙关，不如向着终点闯一闯。结果并不重要，努力了就是值得的。做自己喜欢的事，尽情体验生活与工作的喜悦"。

🌐 生活如此多娇

　　初次来到诺远控股时，我们就被诺远所在的写字楼震惊了。这是一幢高楼层的写字楼，建筑呈玉米形状，所以当地人也形象地称之为"玉米楼"。到达诺远公司楼层时，李芦苇学姐还在忙工作，便安排我们在接待室休息，在忙完工作上的事务后就急匆匆跑来接受我们的采访。她穿着职业装，给人留下和蔼可亲的印象。声音非常好听，采访期间也十分认真地回答了我们的提问。

　　李芦苇出生于丽水一个普通家庭，父亲是当地公务员，母亲是医生。美丽的大学生活怎能虚度？所以大学期间兴趣广泛的她在学生会和校广播站都有任职。其中在广播站的工作更是让她经历了许多事情，也带给她许多欢乐。

在广播站工作时期,她常常在校外担当司仪,主持活动,主持婚礼,等等。这些活动不仅让她增长了见识,还让许多企业家认识了这个主持能力不错的姑娘。她还笑着告诉我们,一开始接手这些工作时自己也是新手,台下总会有冷场的情况,为了活跃气氛也会唱一些大众歌曲。但随着经验的逐渐丰富,舞台把控能力有了很大的提升,报酬也变得很可观。这些在毕业多年的她看来是十分有趣的回忆。

在大学期间,她也十分注重学业。因为专业关系,在努力之下她先后通过雅思、托福,扎实的英语功底为她以后在工作中游刃有余奠定了重要基础。当谈到毕业后的选

NUOYUAN

工作照

择问题时,她告诉我们她的最初想法是直接就业,但是如今想来,也许会更加偏向于继续读研。工作后,随即而来的就是工作上的压力和人际交往问题,很难有更多的时间和精力继续投入于学习之中,她说如果当时能继续读研,那应该是非常不错的选择。生活中她喜欢唱歌,喜欢美食,喜欢旅游,也喜欢运动,对于自己感兴趣的事情总是努力去实现它。

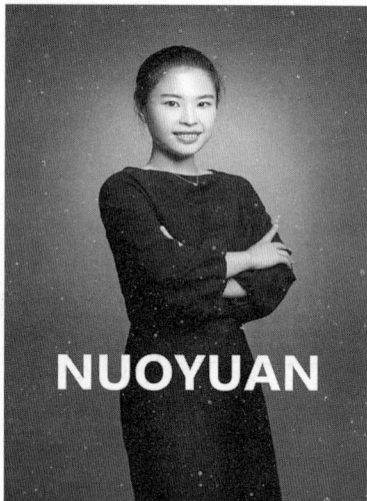

🌐 事业蒸蒸日上

李芦苇学姐大学毕业后,毅然决定参加工作。依据自己的兴趣,她首先选择了唐宁街英语从事市场方面的工作。"我觉得很有趣。"她告诉我们。然而在一次偶然情况下,在与汇丰银行合作举办的一次活动中,汇丰银行宁波分行高层发现了她在主持方面的突出才能,随即推荐她去汇丰银行工作。考虑到当初父母也希望她在银行工作,所以她决定就职。起初她在汇丰银行担任客户经理一职,主要从事销售理财产品的相关工作。而内心喜欢市场的她决定去市场部。之后她开始发现银行的工作并不是她所期望的那样,难以体现个人价值。在希望体现自己价值的信念下,她又入职宜信财富,现在担任诺远控股有限公司市场部经理。

她告诉我们,在工作过程中,遇到困难总是难免的,但是她认为这些困

难是理所当然的,譬如在银行工作如果业绩不好,就会有很大的压力,她会选择加班努力,不厌其烦地给客户打电话来提升业绩。而在人际交往中有时也会出现小问题,自己职位上升造成其他员工的心理落差需要自己去平衡。工作中总会有这样那样的问题,但你也可以从中得到锻炼,不断提升自己的能力。她认为刚工作时会遇到的最大的问题就是落差,所以需要有一定的抗压能力,去逐渐适应工作的环境和遇到的问题。

她在工作之余,还有另外一个身份,就是饭店合伙人。在和朋友合作集资下,"尚早餐厅"在精美装修之后开业了。而她自己主要担任市场方面的工作,为饭店做市场宣传。在饭店装修中,她还特意学习了绘画,和朋友一起认真画了插画挂在店里,作为一个特殊的纪念。

经营的餐厅

无论工作还是爱好,她始终报以认真的态度,努力克服困难。这也许就是她生活如此多姿多彩的原因吧!

🌐 兴趣爱好广泛

采访到这里的时候,李芦苇告诉我们:"去年 28 岁生日,我送给自己一个十分特别的礼物——一场个人演唱会。"她给我们看了一篇微信推文,里面就记录了演唱会的内容。300 多人的会场里,聚满了同学与好友,偌大的舞台上,她尽情地欢唱,实现了这一个儿时的梦想。她向我们透露,她从小就喜欢文娱活动,尤其是唱歌和主持,大学期间就获得过"校园十佳歌手"等称号。在汇丰银行工作期间也曾获得过全国赛第二名的荣誉,这也让她被许多领导所认识。正是她的爱好,给她的工作带来了机遇。

除了唱歌,她还很喜欢运动。跑步就是一种很放松的锻炼方式,可以消除一天的烦恼,也可以让自己欣赏沿途的风景。2016 年 4 月份她参加了宁波九龙湖马拉松大赛,她这样说道:"马拉松是一场自己对自己的救赎,坚持下来内心获得的满足和自信是别人再多的鼓励和安慰都不能代替的。虽然跑得很慢,但是自己从未停下往后看。沿途的啦啦队和医疗队给予了我极大的鼓励和支持,不后悔自己的坚持,这就是跑步的神奇和神秘,只有亲自参与其中你才会体会。"同样的,工作亦是如此。不经历风雨,怎能见彩虹;不尝试着向前冲,怎么会知道终点处的风景又是如何。

旅游也是她的爱好。"假日里总是喜欢去旅游,去过加拿大、日本、泰国。"她告诉我们,"旅游能丰富自己的阅历,让自己见识很多不一样的事情,有更多的经历和体验。"

学姐寄语

学生最首要的还是学习,绩点也是以后用人单位招聘非常看重的一个方面。心态决定成败,细节铸就辉煌。我们去应聘工作岗位,是想施展自己的实力,更是想为单位创造利润和价值,而不是去成为单位的负担。在人才市场竞争如此激烈的当今社会,任何一个单位都不会接受一个心高气傲、做事磨蹭、对工作不认真负责的员工。

另外,做自己喜欢的事。李芦苇告诉我们:在学习中,多积累经验,学习待人处事的方法,向着远大的梦想前进。怀器在身,以待其时。成长的道路上需要梦想,它是你前进的动力。努力朝着心中指引的方向前进,展现最好的自己。要相信,无论处在人生的哪个阶段,无论人生有多少挣扎,永远不要放弃自己。无论如何,我们都要坚信:有一个更美好的世界在那等待着你! 做一个有趣的人,不要被生活所打败,胜利就在前方!

采访后记

　　通过对李芦苇学姐的访谈，我们认识到：在任何光鲜亮丽的职业外表下，都有一段坎坷曲折的道路。在全球化快速发展的今天，我们每天都要面对日新月异的变化，一波又一波的技术浪潮袭来，给我们带来巨大的挑战，所以我们要努力学习和掌握专业知识。同时也要掌握人际交往能力，良好的人际交往能力会给工作带来很大的便利。给自己设定一个大目标和不同阶段的小目标，大目标确定努力的方向，小目标推进大目标的实现。从小目标开始，一步一个脚印，收获完成它们所带来的喜悦与成就感。大学四年是职业生涯的起步，对未来之路有清醒的认识，有助于我们在平静的大学生活里给自己寻找压力，把压力化为动力，不断磨砺提升自己，成为一名合格的理工学子，优秀的社会成员！

积跬步　至千里
——访宁波中苑文化艺术品投资咨询有限公司招商经理周富海

文/图：徐娥　胡雨菲

指导老师：李艳丽

周富海，浙江大学宁波理工学院国际经济与贸易专业 2011 届毕业生，现任宁波中苑文化艺术品投资咨询有限公司招商经理。周富海曾在中石化 BP 宁波分公司工作两年，但他认为年轻人应接受更多的挑战，于是他放弃了安逸稳定的工作，跳槽到宁波首家文化艺术＋金融＋平台交易(互联网)的专业服务机构——宁波中苑文化艺术品投资咨询有限公司。这是一个新兴行业，在发展过程中会遇到各种困难和挫折，而且前途未知。但是周富海毅然决然地投入到这个行业，他一直相信，这是一个非常有发展前景的行业。正是这份自信，给了他前所未有的机遇，现在他仍在这个行业打拼，虽然辛苦但却快乐。

乐观而自信

礼拜五晚上，我们早早地到了约定好的咖啡馆等待着周富海学长的到来，按捺着期待又激动的心情我们等待了几分钟，一位西装革履、面容亲切、精神饱满的男士走了过来。他礼貌地打了下招呼，介绍了下自己。整个介绍过程中，学长给我们的印象就是落落大方、彬彬有礼。在采访过程中，我们深刻地感受到了他乐观自信、积极进取的精神。同时，他也很幽默，采访中还时不时逗乐我们。一个人让自己开心是相对较容易的，但要带动周围的人一起开心却不是一件容易的事情，而周富海做到了。周富海学长认为生活就需要一种态度——乐观的态度，在自己微笑的同时，努力让别人微笑。

在周富海学长身上还有着一股坚定和自信，让他面对一切事物都能从容不迫。自信让他坚定自己的选择，清楚地明白自己要的是什么，而不是混沌度日。当我们得知他放弃安逸稳定的工作而去开发一片新天地的时候，我们对他的这种自信很钦佩。有很多人都是空有想法，而没有勇气去做，维持现状，不思进取。而周富海的自信支撑着他迈出了艰难的那一步。这种自信不是谁都能拥有的，没有一步一步的积累是不会有的。

生活中

厚积而薄发

苏轼说："博观而约取，厚积而薄发。"博览群书，了解事物，而取其精华，去其糟粕，大量地积累，充分地准备，而慢慢地释放。读书作文如此，其实人生拼搏奋斗也应如此。

2007年，周富海进入浙江大学宁波理工学院国际经济与贸易专业学习。刚进学校时，他还很青涩腼腆，与人交流沟通时很羞涩，也不自信。他深知自己这样的性格会影响自己在社会中的正常交际，为了改正自己的这个缺点，他开始积极地参加很多活动。在这些学校活动中他发现自己其实拥有很不错的活动能力，能把任务完成得非常好，也能积极主动地去做事，在这过程中也结识很多志同道合的朋友。渐渐地，他开始自信起来了，与人交流也能侃侃而谈。大学期间，他在锻炼自己积极参加活动的同时还努力地学习，力图活动与学习都不落下。周富海学长回忆起大学期间，觉得那时候的锻炼与学习为之后的工作打下了很好的基础。如果没有那时的努力改变自己，便没有现在自信健谈的自己。他认为大学四年是自己最开心的几年，一边学习知识一边参加活动，没有生活的重担，没有思想的负担，是真的无忧无虑。他建议我们要多参加一些社会实践。他曾在大一时参加了社会实践，深入农村，体验了一把农村生活。大二时，他和其他院系的同学一起组队去了四川甘孜阿坝支教。他强调，社会实践并不是单单为了做好一个课题，在社会实践过程中，不仅可以了解各地的风俗人情，开阔视野，更能锻炼自己的交流组织能力,还能使自己考虑事情时更加全面。这些都需要谦虚地去学习,去接受。他告诉我们要把握好大学四年,学习专业知识,掌握专业技能,锻炼自己的社交能力,这四年会改变我们很多,是我们人生的一个转折点,决定着踏入社会的第一步台阶。

进入大四,人生中较为安逸的四年即将过去,许多人在这段时间里调整不好自己的心态而选择宅在家中,而周富海学长放平了心态,直面进入社会遇到的第一次巨大的挑战——怎么样才能在千千万万的应届毕业生中杀出重围,寻找到一份自己比较满意的工作。通过自己在大学期间积累的过硬的专业知识,在实习期中积累的工作经验和真诚谦虚的心态,他成功地得到了人生的第一份正式工作,进入了中石化宁波分公司。

公司文化墙

刚刚进入公司的周富海和所有新人一样怀揣着理想又带着一些紧张,想在职场上一展拳脚,但是现实却给了他一记狠狠的耳光。他预想中繁忙而又充实,充满挑战而又朝气蓬勃的工作环境并没有出现。对一个初入职场的新人来说,他能做的工作少之又少,就只有复印、打印、跑腿这些琐碎的工作,这大大挫伤了周富海的积极性,但是看看身旁和他同期进去的同事们每天也是这样平静地度过。时间长了,他问自己:这就是你想要的生活吗?真的要这样甘于现状吗?这对得起之前那么多年的努力吗?这不是自己所期盼的生活,但是也不想就这样轻易地放弃这样一份来之不易的工作。直到有一天,周富海突然醒悟，自己还很年轻，不应该为求安稳，就磨灭了对工作的那份抱负与激情。

　　于是到了 2013 年，这一年是周富海的一个转折点。他做了一个重要的决定，放弃在中石化的安稳的工作，转到自己并不太熟悉的文化交易行业中。虽然是初入自己不擅长的行业，但是他非常自信，相信凭借自己的能力能够做好。渐渐地，进入新行业的弊端开始显露，不了解行业内的规定，不了解艺术品的价值，完成不了上司交代的任务，没有业绩收入也不高，家人不理解。在经历那么多的困难挫折后，他产生了怀疑：是自己的决定错了吗？是不是不应该放弃中石化安稳的工作？但是已经回不了头了。既然是自己选择的路，就应该一步一步走下去，就算前路充满荆棘，要相信凭借自己的能力能够做到。于是他沉下心来好好工作。工作中遇到的问题多，他十分虚心地打破砂锅问到底；犯错误了，不要紧，改正错误，总结经验，下次不再犯错；工作多，加班时间长，这是因为自己工作效率不高，要加强专业能力。虽然困难很多，但他心里却充满激情，这才是他想要的生活，他要证明给所有人看，自己选择的道路没有错。终于，他在公司里站稳了脚跟，当上了部门经理。虽然在职场上机遇很重要，但是他的成功大部分都是基于自己的努力。这并不是终点，他认为自己仍有很大的上升空间，还要坚持努力，不能放松脚步。按他的原话："事业尚未成功，富海仍需努力。"

公司部门照片

经过这么多年的职场打拼,周富海学长认为与人打交道,说话方式很重要。他就曾吃过说话方式不对的亏,所以他很注意这方面。"不诚实诚无不动者,修身则身正,治事则事理。"周富海认为在与人交往方面诚实也很重要,君子以诚为贵。与人交往是一门艺术,辨别真实与虚假的艺术,而待人诚实则是艺术的基础。没有诚实为基础,就像纸包不住火一样,建立起来的关系迟早会土崩瓦解。

公司一角

"轻霜冻死单根草,狂风难毁万亩林。"在职场中团队合作很重要,周富海学长说:"众人拾柴火焰高,不管一个人多么有才能,集体总是比他更聪明更有力。"学长认为团队合作可以调动团队成员的所有资源和才智,并且会自动地驱除所有不和谐和不公正现象,同时会给予那些诚心、无私的奉献者适当的回报。真正的团队合作必须以别人"心甘情愿与你合作"为基础,而你也应该表现出你的合作动机,并对合作关系的任何变化抱着警觉的态度。在追求个人成功的过程中,我们离不开团队合作。因为,没有一个人是万能的,即使神通广大的孙悟空,也无法独自完成取经大任。然而,我们却能通过建立人际互赖关系,通过别人的帮助,来弥补自身的不足。对于团队而言,伙伴之间的友好相处和相互协作至关重要。无论力量型的人、完美型的人、活泼型的人还是和平型的人,都可以凭借自己的性格魅力,来赢得团队伙伴的支持。这样一来,就能够实现个人与团队的共同成功。

在一点一滴的积累中,遇到困难慢慢调整自己,然后慢慢地取得进步,循序渐进,就能看到自己努力的成果。要脚踏实地,虚心求教,要善于发掘自己的潜力,只有尝试过才会知道,你可以把你自己经营得更好。

娱乐与体育

周富海学长在紧张的学习和工作之余也不忘劳逸结合,唱歌和体育是他舒缓压力的途径。

他很喜欢唱歌,经常在朋友聚会时一展歌喉。唱歌可以舒缓自己的内心,表达自己内心的情感,同时也是平时结交朋友的好办法,一起唱同一首歌,一起抒发心中情感,引起共鸣,慢慢就成了朋友。而且唱歌好还能给别人留下一个好印象,谁会不喜欢唱歌动听的人呢?

体育也是他的特长,在大学的时候,他还是校学生会体育部部长。都市的快节奏生活,工作生活的压力,让许多都市白领都患有亚健康,影响整个人的身体健康和气质;但身体是革命的本钱,如果没有了健康挣再多的钱也没有用。周富海学长很喜欢运动,就算工作再忙也会腾出时间来做运动,锻炼身体,所以在看到学长的时候我们感觉到他精神抖擞,意气风发,这得益于他坚持锻炼身体。

学长寄语

周富海学长对学弟学妹们有一些忠告:你们应该学会的是珍惜自己的年华,你们将最宝贵的四年放在了这里,换取的是一世获益的本领,还是只留下一个回忆,就看你们自己了。你们不能只满足于课堂上的知识,人生的下一步将是实践,在这之前,你们要做好知识与实践的结合,在学习理论知识的同时注重实践的学习。在大学里,要处理各种不同的人际关系,室友、同学、老师以及同事的,处理好了,他们就是很好的朋友,也将对你以后的人生有很大的帮助。心理承受能力也很重要,在大学里,要懂得利用这个空间锻炼自己,要让自己有足够大的承受能力,要知道,社会是一个最喜欢打击人的地方,心理素质不强,在这个社会就无法立足。我们一起加油,与君共勉!

采访后记

　　"心里有阳光,别人才会感受到你的光芒。"在与周富海学长一个多小时的愉快的访谈中,我们感受到了他的坚持与努力,他说话谦虚,待人真诚,他的乐观自信感染了我们。我们现在所经历的困难和挫折将来都会成为我们工作的经验和资本,不畏惧困难挫折,勇往直前,青春就是要放手拼搏。

跟随内心的冲动
——访宁波翰墨文化传播有限公司执行董事陈曹赟

文/图：任丽

指导老师：潘冬青

　　陈曹赟，浙江大学宁波理工学院国际经济与贸易专业 2012 届毕业生，现任宁波翰墨文化传播有限公司执行董事兼总经理。陈曹赟是宁波翰墨文化传播有限公司（翰墨映画）创始人，总监制，从事影视行业四年，在制片、摄影、编导方面积累了丰富的经验。同时针对餐饮行业、食品行业有丰富的影视包装经验。多年来，他坚持不懈，吸纳人才，积累经验，将自己的热情投入到传媒这一领域，同时还热心公益，致力于传播宁波文化。

🌐 校园篇： 经汉服社

　　陈曹赟学长是勇于创新的大学生的代表。在大一时，他就有自己独到的想法。很多人都是参加各种社团，而他想的却是创建一个自己喜欢的社团。陈曹赟学长对中国传统文化很推崇，上大学时，他接触到了汉服。他向我们介绍道，汉服带有很深的民族文化的印记，有着区别于其他民族服饰的特点，但目前很多人对汉服知之甚少，因此，就决定成立汉服社团。他说服装是最容易被接纳的传播载体，借

采访陈曹赟

助服装可以把传统文化流传下去。大一时,他向学校申请创办汉服社,结果被学校拒绝了,理由是他太年轻,不足以胜任。他没有气馁,而是继续做一些前期准备,在校外做宣传活动。大二时,陈曹赟学长得到了一个成立汉服社的机会。那时经济与贸易学院社联扩招,就把汉服社挂在了经贸社联的名下,改名为经汉服社。

本文作者与陈曹赟(右)合影

经汉服社刚成立时,有 20 多个人。大家做得很认真、很努力,经汉服社慢慢有了些名气。后来,陈曹赟学长在大三时,做了班导师助理。他在新生中大力宣传,经汉服社更加火爆,很快就有了 300 多人的规模,仅行政管理人员就达 30 多人。在此期间,经汉服社还搞了很多规模较大的推广和宣传活动。当时赞助不好拉,学校不支持,资金不足。为解决资金问题,社长、副社长等就拿出自己的奖学金支持活动。在学长看来,现在的职业生活和大学生活相比最大的不同就是更多的是为生活奋斗。大学时可以做自己想做的任何事,不用顾虑太多,也不用过于担心钱的事情,但现在必须为了自己,为了公司的员工考虑生活,考虑钱的问题。大学时就像是在动物园里,有人养,有人训练,毕业了就好比放生了,但有些技能是需要在动物园里掌握的,这样才能在野外觅食,才能生存。另外比较明显不同的就是平时工作太忙,没有时间去充实自己。

职业篇： 翰墨映画

　　我们问陈曹赟学长，他当时是怎样想到创业的。他说那是一个偶然的机会，刚进大学时并没有想过创业，但潜意识里可能有创业的冲动吧。使他明确自己创业打算的，是后来学校开办的第一届创新创业班，课程结束后举办了一场创业团队比赛，选出六组团体给予资金和场地的支持。不幸的是陈曹赟学长那组落选了，他不服气，毕业以后，就开了这家公司。陈曹赟学长说创业必须具备"三心"：一是雄心；二是恒心；三是工匠心。只有具备了这"三心"，创业才有机会。

　　陈曹赟学长说，创业这条路很不好走，困难重重，稍有不慎就翻不了身，每年都有很多人创业，成功的却很少。在创业过程中，不管你的项目想法有多好，决心有多坚定，如果资金、人员等关键问题不能很好地解决，也注定会失败的。陈曹赟学长在创建翰墨映画初期，家里人是很支持的，提供了资金，主要工作人员也是由一群志同道合的伙伴组成的。公司发展后期，遇到了资金问题。为解决资金问题，只有不断接单子，不招新员工，以实现创收和节约成本。公司成立时的办公选址，是在南部商务区，后来因为租金太高，就把公司迁到现在的丽园尚都了。陈曹赟学长以新颖独特的创意作品吸引客户，以专业的服务取信于客户，他的公司先后与宏润集团、海曙区政府、舟山市政府、翰香小学、宁波博物馆、老外婆连锁餐厅等数十家企事业单位合作，拍摄了诸多影片。这几年，他一直在调整企业发展战略。公司最初做的是婚庆服务，后来将业务重点放在拍宣传片、微电影上。2016年，他准备将公司业务做第二次调整，即打造自己的微信公众平台，制作属于自己的节目，以前的业务是客户提出需求，现在则是依据需求主动提供服务。

　　公司近来推出了几部宣传片。例如，《三字经》这部宣传片，是由宁波教育博物馆组织，翰香小学出品，翰墨映画摄制的。该宣传片主要展示的内容是一个孩子在梦境中历经千年重读《三字经》的故事。该宣传片表达了现代人对传统文化的向往与传承，体现了宁波传统文化的底蕴。《老外婆》餐饮美食广告系列片是公司为老外婆连锁餐厅新菜品的发布拍摄的一系列广告宣传片，旨在结合新菜品的特征创造出富于想象与画面诱惑力的短片，以刺激消费者的眼球与味蕾。《致美好》这部原创作品参加了2014年中国梦（浙江）微电影大赛并进入复赛，致力于展现生活的美好之处——只要一直心怀美好,就一定会感染身边的人。一个人的力量虽小,但也许可以带动另一个人甚至更多的人。

《三字经》宣传片

陈曹赟学长认为中国影视业发展很有前景,他说他的公司准确来讲是影视公司,但规模还很小。他希望将来自己的公司能走影视道路,拍电影。

员工办公室

🪐 结尾篇

从访谈中，我们了解到陈曹赟学长是一个不断接受教训和反思的人。他在创立公司之后，和很多公司合作过。其中与一家文化策划公司的合作，给了学长深刻的教训。对方策划了一次万达的快闪，学长就根据他们提供的材料拍摄。事后对方以没有拍出理想效果为由，拒绝付款。最后，学长也没去追款，而是把这件事当作一次教训——就算做得再好，也总有不足的地方，所以在合作前要考虑好各种情况及相应的解决对策。陈曹赟学长不仅在事业上做得有声有色，有积极进取之心，也热衷公益事业。他参与了很多具有良好社会效益的公益服务活动，他说他希望自己能随时随地为社会奉献他的一份关爱，一份真心。

🪐 学长寄语

学长希望我们能好好珍惜大学时光，把握现在，学好专业知识和技能，多看看书，培养有助于身心健康的兴趣爱好；利用暑假、寒假去接触感兴趣的公司。所以，加油吧，活在当下，把握现在，好好干一场，不要给自己留遗憾。

🪐 采访后记

陈曹赟学长热爱中国传统文化，坚持积极向上的生活态度，坚持本心。在整个采访过程中，他给我们一种随和的感觉。大学毕业后，他也经常关注在校创建的经汉服社，给予他们精神、物质上的支持。除此之外，他也是一位不错的老板，与员工相处融洽。祝愿学长事业蒸蒸日上，越来越好！

没有松柏恒，难得雪中青

——访宁波创志教育信息咨询有限公司咨询师马晓蒙

文/图：杨锦　孟思婷　蒋沈琪

指导老师：潘冬青

马晓蒙，浙江大学宁波理工学院国际经济与贸易专业 2012 届毕业生，现任职于宁波创志教育信息咨询有限公司。马晓蒙学姐毕业后赴英国爱丁堡大学留学，2014 年回国。马晓蒙非常喜欢咨询师的工作，她善于学习，常常总结经验和创新培训方式，很快便成为公司的主要业务骨干。有生活和工作的目标，并不断为目标的实现而努力前行，是马晓蒙的坚定信念。

性格重塑

2012 年，马晓蒙从浙江大学宁波理工学院毕业，赴英国爱丁堡大学攻读市场营销硕士。说到这段留学时光，她感慨地说获益良多，感觉自己的蜕变就是从此开始的。马晓蒙本来是个比较腼腆的人，不太善于交流。但是到了国外之后，新的环境促使她与不同的人打交道。同时，国外上课有很多小组讨论和小组作业，老师会特意把不同国家的人分在一组，因此，她不得不与其他国家的学生交流。在自己的努力和外在环境的影响下，外柔内刚的性格使她很快适应了国外的学习与生活。为练习口语，她会经常和本地人或其他国家的人一起交流，约出去聚餐或是参加一些聚会。在课余时间，她会和外国朋友们在餐馆里一起吃饭、聊天，这极大地提升了她的英语口语水平。在和外国人交流学术、工作经验的同时，她的心境也发生很大变化。她发现自己在咨询上是有天赋与兴趣的。虽然在本科期间,她觉得自己的专业和性格并不适合做咨询,但是到了硕士毕业时,她发现咨询是个比较有趣的专业领域,自己也比较感兴趣。于是,她觉得自己或许可以在咨询业务方面有一番作为。

采访马晓蒙

勤勉工作

硕士毕业后,马晓蒙先是在南京一所高校工作。两年后,回到宁波加入了一家教育咨询机构,主要从事出国留学的培训咨询。谈及先后两份工作的差别,她表示在大学任教假期比较多,而且工作上人际关系比较单一,往往就是与上下级的关系、与同事领导的关系、与学生的关系。另一方面是认为自己在学术方面比较擅长,在本科时就和导师一起写过论文并且取得过不错的成绩,完全可以胜任教师这份工作。但是有时候受到单一的教学体制限制,她觉得与自己心目中最合适的职业有些差距。在教书的那段时间,她曾有过读博士的想法;但如果到国外读博士,要耗费很长时间。所以回到宁波工作是她综合考虑的结果。

虽然现在这份工作才做了半年,但她对目前的工作很满意。第一,从个人角度来讲,她对咨询这个行业比较感兴趣,因为可以与不同社会背景的人打交道。第二，公司的工作氛围她也是比较喜欢的，因为创志教育采用美式管理体制，不像传统企业上下级分明或是严格管理。因为走的是团队式风格，基本上是以小组为单位组成一个团队进行工作，工作氛围十分融洽。第三，从工作前景来说，与其他机构不同的是，创志教育偏重教育，并且往国际化教育方向发展，这一思维在目前该行业中是相对超前的。

我们在访谈中也注意到创志教育不像传统企业那样有明确的办公室，而是全开放式格局，每位员工都可以互相看到。学姐的同事也非常活泼热情，没有一般企业的严肃、紧张气氛，而是给人一种清新明快的感觉。这样的工作环境一定程度上也活跃了员工的思维，提高了工作效率。

在交谈中，马晓蒙学姐坦言虽然这是她熟悉的领域，但之前并没有实际操作过，所以非常有挑战性。特别是刚入职的第一个月，需要她寻找到自己的方法去破解实际难题。工作中不可能长期依赖于老顾问的带领，必须在慢慢学习实践的过程中形成自己的风格，发挥出自己的特征吸引客户，模仿别人永远得不到成功。

求学经历和工作经历也让马晓蒙学姐学到了很多。她工作认真，但也不是彻头彻尾的工作狂。闲暇之余会看一些财经类的杂志、资讯，以及一些感兴趣的图书，这是学生时期就保留下来的习惯。除此之外，健身也是她的爱好，包括有氧和无氧，练器械，练肌肉。一副好的身体让她能有充沛的精力面对工作，也能以更愉悦的心态面对生活。

🌐 经验分享

我们向马晓蒙学姐请教成长经验，她从学习和工作两方面展开。

在学习方面，如果计划考研的，就要尽早开始准备，尽早明确自己希望就读的院校，搜集相关信息。如果要去国外的大学读研，不仅学习成绩很重要，英语水平也要提高。目标要明确，然后就要提前做好准备工作，这是一个漫长的过程。在英语学习方面，除了四六级考试之外，英语表达能力的提高比证书更重要。英语是世界通用语言，对于我们国际经济与贸易专业的学生来说，英语是一门重要的课程，良好的书面表达和口语表达能力会让我们在工作中更有优势。除了学习方面，去国外读研还需要有一些社会实践经验。马晓蒙学姐自己就是一个很好的例子，她认为自己是属于高考失败那一类的，但是高考没考好并不影响她在大学里的努力学习。她从大一就开始着手准备考研相关的事宜。她还认为平时就要好好学习,这一点非常重要。马晓蒙学姐还开玩笑地说,她觉得她自己是一个"变态",考前反而不爱学习,喜欢放松自己。

如果确定将来不会考研,而是打算大学毕业后直接参加工作,能力的培养很重要。马晓蒙学姐与很多同学一样,在大一的时候积极地加入了各种部门,但是到了大二大三,就退掉了大部分部门,只留下了班委以及党组织内部的工作。这并不是说团委的工作更有意义,而是每个人的个性不同,要学会找到适合自己的工作,并锻炼自己的工作能力。在工作方面,她表示这同样需要很早地开始做准备工作,希望我们能尽早准备自己的简历,这对找工作非常有帮助。

采访马晓蒙(左一)

马晓蒙学姐说,对于我们国际经济与贸易专业的同学来说,在学校的时候就可以开始上一些网站查找自己比较心仪的单位,搜集该单位对招工的具体要求,再与自己进行对比,看自己是否满足条件。这样的匹配可以帮助自己发现不足,在大三大四进行弥补和提高,这样的话毕业之后自身的竞争力也会相对提高。很多公司会要求有工作经验,但不要因为这个而退缩,因为谁都是从没有工作经验开始的,只要相信自己的能力能够满足该职位,就可以去尝试一下。要参加工作就要更注重自己的社会实践能力。在大学里有很多锻炼自己社会实践能力的机会,要好好利用学校里的时间和资源,了解自己,发挥自己的特长,提高自己的能力,这样才能提升自己的竞争力。

马晓蒙学姐还向我们强调,不要因为觉得自己是三本院校出身就有自卑感。她自信地告诉我们,她觉得我们学校的师资力量毫不逊色。马晓蒙学姐在面试南京一所学校的时候,就曾经遇到过这样的问题,面试官问她是三本院校毕业的吗,她回答说自己虽然是三本院校毕业的学生,但是三本院校毕业的学生在目前社会上的工作成就不会比其他院校的学生差,有些甚至更强。而且学姐的简历也证明了她自身的能力和实力。学姐也告诉我们,面试官提出这样的问题,其实并不是在意你是什么学校毕业的,而是提出一个问题,想看看你的谈吐和应对,完全不用慌张和自卑。

采访后记

三个小时的采访很快就过去了,做完这个采访,我们心情有点澎湃,久久难平。感谢学姐的配合,我们才完成了这次任务,更重要的是完成了我们内心的任务。

暑假过后,我们就是大三的学生了,认识自己,找准自己的定位十分重要。这次谈话让我们梳理了自己的思路,让我们知道了该做什么,该注意什么。大学学什么？总结说来就是学习如何提高自己各方面的能力：学习能力、人际交往能力、工作能力、生活能力等等。只有这样才会不断地进步,不断地超越。人生的成功就在于每一天都在进步,即使它是一小步。

踏踏实实,做好自己

——访宁波高发汽车控制系统股份有限公司销售经理褚尔望

文/图:童琪超　皇甫思雨

指导老师:潘冬青

　　褚尔望,浙江大学宁波理工学院国际经济与贸易专业2008届毕业生,现任宁波高发汽车控制系统股份有限公司销售经理。褚尔望学长毕业时恰逢金融危机,外贸行业面临严峻挑战,他先后到宁波几家外贸公司就职,都因经济不景气而离职。2009年,他到宁波市高发汽车控制系统股份有限公司就职,从基层做起,脚踏实地,经过打拼,从一名外贸业务员成长为销售经理。褚尔望学长认为,在这样竞争激烈的就业环境下,只有脚踏实地地工作,坚持不懈地努力,才能在成功的道路上走得更远。

初识印象

　　细节往往能够体现出一个人的生活习惯和工作态度。初识褚尔望学长,他给我们的第一印象就是细心,上楼时为我们挡电梯门,采访开始前为我们倒水,事先准备了一个舒适的采访环境……每一个细节都让我们感觉到这一次的采访会是一个满载而归的过程,也在

褚尔望所在公司

如此炎热的天气,给我们带来了丝丝凉爽的风。

工作经历

　　俗话说,早起的鸟儿有虫吃。2008年毕业的褚尔望学长曾在多家外贸公司实习,在职场中,他是典型的"早起的鸟儿"。学长在大四的下学期,就去公司实习。当别人在庆祝毕业时,他已经在努力地寻找工作了;当别人在四处奔走寻找工作时,他已经在工作岗位上学习了半年。然而,人生不可能永远是一帆风顺的。2008年随着金融危机的冲击,我国的外贸形势变得十分严峻,外贸行业遭受到了很大的打击,褚尔望学长也被迫面临就业困难的问题。

工作中

　　在外贸行业遭遇挫折的他并没有放弃希望,而是选择了一个新的起点:他选择了一个和外贸相关的销售行业。2009年,他加入宁波高发汽车控制系统股份有限公司,从基层做起,一直做到销售经理的位置。这几年,他努力工作,不浪费任何一次学习的机会,每件事都自己动手,遇到不懂的事情积极请教自己的师傅,不断地积累经验,学习经验。在做基层业务员期间,他经常顶着高温在仓库划线工作。仓库里没有空调没有电扇,工作环境极其恶劣。尽管有过怨言,有过不满,但他从未想过放弃,这归因于他极强的责任心和不服输的精神。他始终坚信,经历过风雨的洗礼,肯定能够见到阳光。

　　在学长看来,外贸和销售有着异曲同工之处,同样都是贸易,只不过一个是外贸,一个是内贸而已。他说,很多大学毕业生都不能找到与自己所学专业对口的工作,问题在于没有保持不断学习的精神。学长开玩笑说,可惜他的英语水平了,没用上挺可惜的。学长强调能从两个不同的行业中看出共同点,这也是能力的一种体现。有能力的人总是能够将看似不一样的两个东西找出相同之处,从自己熟悉的方面去更好地完成另一项工作,这也是一种不同寻常的能力。

褚尔望学长认为,尽心尽力做好自己的工作,不仅是对公司负责,也是对自己负责。学长一直秉承"先做人,后做事"的态度,认为只有处理好人际关系,才能更好地开展工作。在采访中,学长不断强调,刚入公司时,不要急于表现自己,而是要学会向他人学习方法,积累经验,因为是金子总会发光。在磨练自己的道路上,不能有任何放弃的念头,因为磨炼的过程如同在沙漠中行走,一旦放弃,就没有机会再重新来过。正是这种踏实的工作态度,兢兢业业的工作作风,谦虚上进的性格,成就了今天的褚尔望学长。时光荏苒,岁月如梭。毕业八年,褚尔望学长不负期望,有了今天的成绩。成功背后总是会有无数汗水,也许只有如此,才能让雄鹰展翅高飞。

🌐 厚积薄发

　　在访谈中,褚尔望学长向我们分享了一些工作经验。一是机会是留给有准备的人的,问题是如何抓住机遇。学长认为必须做充分准备,比如学习能力、业务知识、情商智商锻炼等等。二是做事态度。态度决定一切,即使不能做得完美,你的态度一定要端正。三是与人相处。良好的同事关系也有助于

分享心得

工作的开展,有利于提高工作的积极性。四是眼光长远。刚参加工作,不必太计较工资,主要看工作有没有前途和目标,要学会从长远发展的角度去思考问题。

家庭生活

当我们问到家庭时,学长提到自己的妻子是一位老师,每年都有寒暑假,而自己的工作则是很忙,这样的工作状况,夫妻间会有很多矛盾,所以更需要夫妻间的互相理解。学长说他也在努力挤出时间照顾家庭,毕竟工作是为了家庭。学长的兴趣、爱好很广泛,业余时间爱好旅游。在他看来,旅游可缓解工作压力,放松精神,给人带来无穷的快乐;开阔眼界,增长知识,领略不一样的风土人情,结交不同性格的好友。朋友是生活中不可或缺的一部分,从不同的朋友身上,可以学到很多不同的东西。

本文作者与褚尔望(中)合影

我们问学长,在大学期间有什么遗憾。学长说最遗憾的事情是在大学里没有外出旅行。他解释道,他读大学时,光顾着考证、泡图书馆、实习,没有腾出时间外出旅游。本以为来日方长,可哪曾想,参加工作以后,空余时间越来越少,空有一颗爱旅游的心了。因此学长建议我们,趁着现在有时间多出去走走,别等到工作以后,没有时间去看人间美景了。旅游对我们来说,可能只是出去玩一下,看看风景,但是对学长来说,旅游除了看风景,还有一个很重要的意义,那就是接触各地的风土人情。了解各地的风土人情,这是他最大的兴趣爱好。他说,这样的旅游有些时候对工作是有一定帮助的,特别是对于想要从事外贸行业的同学来说,多出去走走,了解各地的风俗,也是很有意义的,不仅仅增长自己的知识面,也是交朋友的很好的途径。

🌐 学长寄语

学长建议我们简历要写得漂亮,简历可谓是入职的敲门砖,面试官在不了解你的情况下,简历的作用显得尤为重要。一份漂亮的简历,能起到事半功倍的效果。简历不需要写得很详细,只需挑选几个重要的能展现个人能力的点,有选择性的描述,但要有表达技巧,要让所写内容符合公司招聘要求,给人眼前一亮的感觉,让你的简历在千万份简历中脱颖而出。学长还告诉我们,趁着年轻,想做什么事情的时候不要犹豫,都可以去尝试一遍,不要等到将来给自己留下遗憾。应该利用好大学这段时间,去做一些自己想做的事情。在做一件事情的时候,一定要对自己有信心,不要因为别人的流言蜚语而放弃自己的想法,失败是成功之母,所以不要害怕失败。因为年龄大了,可能就没有这种干劲了。

🌐 采访后记

在这次采访中,我们接触到的褚尔望学长是一个有着极强的责任心、有着雄心壮志的人,他自信、自强,同时拥有一颗不服输的心,他能走到今天,靠的就是自己的实力。这也是我们很钦佩的一种人,他一个人默默地奋斗,八年光阴,在宁波这样的大城市打造出一片属于自己的新天地。过程虽艰辛,但结果很美好。我们相信,在以后的工作中,学长能够更进一步。我们也很希望自己能够向学长学习,踏踏实实,做好自己,一步一步创造属于自己的新天地。通过这次对学长的采访,我们明白了工作中我们要做的就是脚踏实地,努力学习,懂得厚积薄发,不去奢求一时的成功,而是要从锻炼自己、提升自己这方面去努力,这样的你才会是职场上永远的成功者。

耐心之树，结黄金之果

——访宁波市鄞州骄福国际贸易有限公司销售主管叶琳

文/图：王璐 李楚燕

指导老师：潘冬青

叶琳，浙江大学宁波理工学院国际经济与贸易专业2009届毕业生，现任宁波市鄞州骄福国际贸易有限公司销售主管。经过八年的打拼，叶琳在外贸领域已成为业务能手，也逐渐成长为一名出色的业务主管。找准定位、坚持不懈是其取得如今成绩的根本保证。然而，她并不满足于所取得的成绩。不断奋进的精神，让她不断学习，不断进步。踏实做事、独立人格是叶琳最为推崇的两句格言，在此信念下，叶琳不断取得进步。

🌐 初识印象

初见叶琳学姐，她一身简单的休闲装扮，干净的面容，给人一种亲切感。温柔的语调，灵动的眼神，眉宇间充满了笑意，如此一位温文尔雅的小女子，却独自一个人在宁波奋斗了八年之久。随着了解的深入，就能发现在她身体里蕴藏着巨大的能量。谈笑风生里，她那举止大方、平易近人的态度，在炎炎夏日里沁人心脾。

生活中

🌐 工作选择

我们问学姐是什么原因让她留在宁波工作的,学姐为我们陈述了如下原因:第一,宁波拥有良好的贸易环境。宁波北临杭州湾,西接绍兴,南靠台州,东北与舟山隔海相望,是长三角南翼经济中心和浙东交通枢纽,沿海有众多优良港口,其陆、海、空、水交通便利,有利于贸易运输,货物往来。这些条件对于国际贸易的发展非常重要。第二,宁波私企的休假制度较温州来说,更为诱人,宁波中小企业一般都实行周末双休制。第三,她本人非常热爱自己的专业,希望把自己所学的专业知识运用到实际的工作中。

🌐 独立能力,奠定基础

独立是好事吗?对于这个问题,不同的人会有不同回答。有不少人会说:不是好事。只身在外工作,如同一叶孤舟飘荡在广阔大海上,并且生活上也没人照顾。在那时想到的就是父母,就是家的温暖。而独立,差不多成了魔鬼的代名词。

学姐说到独立时,认为这是人生的基础。现在多数的大学生是独生子女,在学校感受不到什么压力,生活上、学习上都还算轻松,并且很多事父母都会帮忙安排妥当,剩下的也几乎不需要自己考虑,个人的独立能力非常有限。可是社会与学校大不相同,社会是现实的,社会中一般没有父母的帮助,单位里领导和同事的帮助也是有限的,更多的问题需要自己独立地思考和

采访叶琳

解决。刚毕业时大家都处于同一起跑线,都没有什么工作经验,所以需要在工作中学会独立,独立自主地学习,一步步地积累,为未来的发展打好基础。

易卜生先生曾经说过："世界上最坚强的人就是独立的人。"人要学会自立，更要懂得自立。因为总有一天我们会长大，许多事情都要自己解决，自己面对。不懂得自立就会被社会淘汰。要想自己的人生多姿多彩，学会独立是关键。

在这样的社会背景下，一个人的可贵之处，不仅在于事业上的成功，或者能力的强大，更在于他们始终独立而坚强的内心魅力。与其等待世界为我们而改变，不如先改变自己，让内心强大起来。"独立"是人走向坚强的必经过程。任何时代都需要人的独立。唯有独立的人，才能发出理性的声音，进行清醒的思考。也只有独立的人才能获得内心的自由。

调整心态，笑对职场

在采访过程中，叶琳学姐向我们传授了一些工作经验。叶琳在公司中主要负责工厂和客户之间的联系与沟通，向出口企业提供良好的服务。工厂有的时候给的货品质可能不好，叶琳会向其提出改进产品质量的建议；客户那边也会因产品价格、品质、交货日期方面不满意而让公司承担一部分费用。要很好地协调公司和客户之间的关系是非常不容易的，这不仅需要过

公司聚会

硬的理论知识，还需要实战的经验。我们在职场中一定会遇到各种各样的问题，但我们不能因心急而手足无措，应当冷静下来，寻找解决问题的有效方法。做事踏实认真、遇事从容淡定，保持乐观向上的心态，这些在工作中都是非常重要的。

叶琳还告诉我们，有时候，委屈无非是自认为委屈罢了。委屈，无非是觉得所谓的自尊被践踏了，觉得人为刀俎我为鱼肉；无非是觉得错的都是别人，自己是被冤枉的；无非是心太小，撑不起自己的野心。在职场上，如若觉得委屈经久不散，那你就败了。委屈了，难以释怀，于是选择逃离，这是弱者的表现；委屈了，自我反思，做出改变，尽善尽美，这是强者的人生宣言。你若真无过，也无须辩解，一笑而过，继续轻装上阵。

若把用来委屈的时间用来自我反省和提升，那么受的委屈会越来越少。沉浸在委屈中难以自拔，那么将与理想背道而驰。委屈是弱者逃避的最佳理由，却是强者的珍贵养料。所以，世界那么大，带着一颗"玻璃心"，怎么走得远？怎么奔跑着追赶时间与梦想？叶琳与我们侃侃而谈，言语之间条理清晰、谈吐得体，面对我们这两个初次见面的人也丝毫不露紧张。多年的工作经验使叶琳变成了一个自信的人。

权衡利弊，找准定位

当我们问及国际贸易公司的职责时，学姐先给我们讲了一个小故事："几年前与一个供货商公司竞争，不料竞争对手竟是自己的大学同班同学。老外让竞争对手把报价单发给我们，然后我们整理好再发给他，但是那个同学一直找借口拖延，没想到几天后老外就把我同学给的报价单发给了我。"我们好奇地问："那最后老外是不是和对方合作了？"学姐微笑着说："最后是和我们合作了。老外并不喜欢这种要小聪明的人，所以要学会权衡利弊，找准定位，干该干的事。"

"为什么老外要找外贸公司而不是直接和工厂合作，因为外贸公司就是为他们提供服务的，比起普通的工厂，外贸公司的服务好，对待他们也更有耐心。"这是学姐对于外贸公司的一个解读。宁波作为世界第四大港口城市，在这个经济迅速发展的时代，有着无数的外贸公司和各类外贸生产企业，想要在这个竞争激烈的行业中生存下去，每个公司和每个员工心中都有自己的一套行业标准。

外贸公司那么多，想要在这个行业中站稳脚跟，那首先就得找准自己的定位。外贸公司其实是个中间商，处于外国商人和生产企业之间，需要在这两者之间不断沟通与协调，很多时候更是承受了不少的压力，不仅需要配合老外的时差问题，还需要与生产企业协调。甚至有时候生产企业方面的原因，比如交货时间推迟、扣子拉链与合同中不符等，都有可能造成外贸公司的损失。往往在这个时候，我们需要找准自己的定位，明白自己要做什么，想要什么，权衡利弊后，做出一个正确的选择。在经济大环境下，很多外贸公司为了经济利益都会跟风地去做某件事情或抢某个订单，根本不考虑这样做是不是适合自己公司发展，归根结底就是一种盲从。在这个世界上，通往成功的道路是多种多样的，有宽阔的，也有狭窄的，有笔直的，也有弯曲的，有平坦的，也有坎坷的。我们每个人都在行走，但是要走在适合自己的那条路上。

办公环境

在这个世界上最需要了解的人就是自己。没有人生目标的人，就像是一艘没有舵的船，这艘船只能在大海里盲目地漂泊，随着风向和洋流的变化而飘荡，渐渐地连自己都会遗忘了要驶向的方向。因此，如果你是一位想要追求成功的人，就要时刻记着自己的目的地，不要随波逐流。对自己没有定位的人，就像一个在黑暗中行走的人，只是在机械地行走着，终会被地上的石头绊倒，或者一头撞在树上。只有找准了自己的定位，才能朝着正确的方向前进。

八年坚守，收获成功

"国际贸易已经没有前几年那么好做了，外贸形势比较严峻。我的好些同学不是去了银行等单位，就是开始了自己的创业生涯。"叶琳微笑着告诉我们。确实，现在大多数毕业生的家庭更希望毕业生们能找一份稳定的工作，最好是人们常说的"铁饭碗"，比如公务员、教师等等。一开始，叶琳选择留在骄福公司也是感到比较迷茫的。她刚来到这家公司时，公司刚刚起步没多久，公司的发展状况也不是非常好，薪酬也不是特别高，况且这个公司规模也不是特别大。她也曾经在自己的家乡温州找过工作，但比来比去，她决定赌一把，留在这个刚刚起步的小公司。可是最后谁都没想到，她这一留就是八年。

采访叶琳（左）

这个公司的老板本来是在雅戈尔任职的，实践经验非常丰富。叶琳一开始什么都不懂，工作中也常常会犯一些小错误。但是老板是一个善良并且非常有耐心的人，他手把手地教叶琳一些业务操作方面的专业知识。渐渐地，叶琳积累了许多工作中所需要的知识。

叶琳说，她在工作中常常会犯一些小错误，而这些错误对一个职场新人来说是无法避免的，只能通过实践经验的积累，在实务操作中慢慢地改正。当她犯错误时，面对客户的质疑，老板很维护她，不会把所有的过失都推到她一个新人的身上。老板还时常鼓励她，给予她精神上的温暖。老板的种种行动，叶琳看在眼里，记在心里。所以她这一留就是八年。

幸运的是，经过八年的摸爬滚打，叶琳已经不是那个刚走出象牙塔的职场新人了。现在的她，负责服装对美洲出口的这一块市场，对于自己的生意经，她说起来也是头头是道。如今，公司已经慢慢地步入了正轨，叶琳的薪资也提高了不少。当然这些都不是最重要的，最重要的是叶琳在这份工作中发挥了自己的价值，体验到了挑战自我的乐趣。说到这些时，叶琳满意地笑了起来，还鼓励我们要好好学习,提高能力,把握机会。

公司样品间

🌐 学姐寄语

　　坚守住最初的梦想,完成自己曾经许下的承诺。要坚信一分耕耘一分收获,有时候会暂时看不到收获,但那并不代表没有收获,只是量的积累没有达到质变的程度。每一天保持新鲜感,热爱学习,热爱生活。学生还是要以学习为主,努力提高自己的英语水平,考出四六级;提高办公能力,考出计算机二级证书等。积极争取大型国企及外企的实习机会,积极投身各项志愿者活动,因为它们会在将来某一天带给你巨大的财富。非宁静无以致远,在浮躁的大学里,望学妹学弟们能静下心来,思考你们的大学生活,希望你们有一段幸福、充实的大学生活!

🌐 采访后记

　　刚开始获悉学姐毕业后一直留在宁波,并且八年来一直待在这个公司,我们都挺吃惊的,毕竟是一个女孩子,也是家里捧在手心的宝贝,却独自出来打拼,应该很不容易。但在采访中,我们被学姐的淡定折服,从淡定地找工作,到淡定地一干就是八年,当然我们也知道背后隐藏了许多不为人知的故事,或许有欢笑,或许有泪水。

本文作者与叶琳(中)合影

从职场新人到如今的侃侃而谈,从懵懂的大学毕业生到如今的独立职业女性,学姐经历了太多的改变,但她依旧不忘初心,坚守在外贸这个竞争激烈的行业里,并创造了属于自己的成绩。

都说实践出真知,经验是靠平时一点一滴所积累的,职场新人不可怕,会学会问会观察,在不断的实践中获取所需要的知识,这便已经向成功迈出了一大步。独立、坚持、心态、定位,这是学姐这八年来的经验总结:唯有独立的人,才能发出理性的声音,进行清醒的思考;再苦再累,只要坚持往前走,属于你的风景终会出现;心态代表一个人的精神状态,只有保持良好的心态,你才能每天保持饱满的精神,才能积极地面对工作;我们都需要对自己有个清楚的定位,只有找准了自己的定位,才能朝着正确的方向前进。

脚踏实地,仰望星空

——访中国工商银行金华经济开发区支行营业部综合柜员邢淑露

文/图：丁佳　倪悦

指导老师：邵金菊

邢淑露,浙江大学宁波理工学院国际经济与贸易专业2012届毕业生,现为中国工商银行金华经济开发区支行营业部综合柜员。邢淑露毕业以后先在常熟市汇邦新材料有限公司金华分公司就职,随后以优异成绩考入中国工商银行,在中国工商银行总行的电子银行中心实习一年后回到金华,负责金华分行社保卡的相关工作,现在金华经济开发区支行工作。她平凡却不普通,安于生活却也勇于挑战。她透过厚厚的柜台玻璃看人生,却比同龄人更添一分淡然与通透。

果断抉择，崭露头角

2012年,邢淑露大学毕业后在常熟市汇邦新材料有限公司金华分公司就职。与很多初入社会的毕业生一样,她那朝气蓬勃的心总想去见识更广阔的世界。她开始考虑放弃当时安逸的生活,去尝试些崭新的东西。机缘巧合之下,她得知了中国工商银行的招聘启事,觉得那份工作似乎更富有挑战性,于是她果断辞职,勇敢地选择了重新开始。

工作中

命运总会垂青勇者，经过努力，邢淑露终以优异的成绩通过考试，进入了中国工商银行工作。她先去了中国工商银行总行的电子银行中心实习，后回到金华负责金华分行社保卡的工作，现在金华开发区支行营业部做综合柜员，主要负责一线的临柜工作。

柜台人生，似苦实甜

当谈到当前的柜员工作时，邢淑露笑着说，就是透过那厚厚的玻璃看人生百态。她上柜工作近三年，每天经手上百笔业务，碰到过形形色色的客户。有些人很友好，即使素不相识也会对你嘘寒问暖，朴实的语句充满了善良与友爱；有些人则面无表情，举手投足间尽是漠然与提防；还有些人脾气急，对服务不满意就出言不逊，态度不友善，当然这样的客户很少。但如何化干戈为玉帛，还真是一个很大的挑战。

工作中

有人说，银行是个自带光环的城堡，而柜员是斑驳光影里坚强的存在。也有人认为，柜员就是一线工人，没什么价值。邢淑露在这个岗位上已经勤勤恳恳工作了三年，这份在外人眼里褒贬不一的工作，她却学到了许多为人处世的技巧。面对脾气暴躁、态度恶劣的客户，她学会了面带微笑、从容应对；遇到不熟悉的业务，她学会了虚心向前辈请教；碰到某些存有"小心思"的客户，她学会了沉稳应对，并动之以情，晓之以理，打消客户的那些念头。

邢淑露说："综合柜员看似是一份平淡无奇、波澜不惊的工作，但当我深入其中，细细体会，真切地去感受的时候，我觉得我每天都有新的收获。成长需要用不断的学习、不断的反思来浇灌。对待工作的正确心态、处理事情的出色能力都不是一蹴而就的，我并不聪明，但我一直在努力接受，努力成长，努力成为一个更优秀的银行人。"

有人说,"理想很丰满,现实很骨感"。邢淑露表示很多人眼里的银行职员工作过于理想化了,认为银行工作就是整日坐在办公室里吹吹空调,喝喝茶,聊聊天就能拿到高薪,但真实情况与大众印象中"低能耗,高收入"的白领形象相去甚远。虽然银行一般8点开门,但是职员一般7点左右就要到银行接送钞车,中午只有半个小时吃饭时间,下午5点半左右等送钞车来,有时候会拖到6点多。如果有开会、培训等工作安排,那么晚上八九点下班也是很正常的事。除了这些日常工作外,还需时刻处于高压状态,因为每个月要完成存款、基金、三方存款、信用卡等既定目标,压力很大。世上没有免费的午餐,也没有哪份职

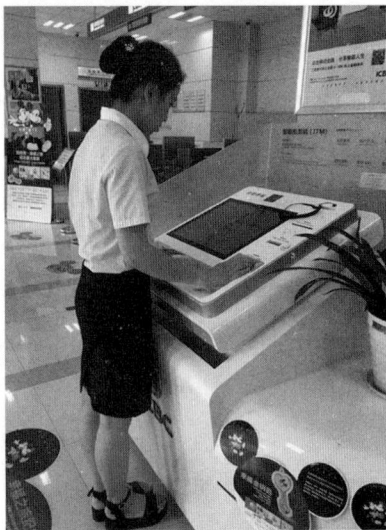

操作自助服务系统

业是不努力便可轻松胜任的,邢淑露深知这道理,总是乐观地对待着这份工作。

坚守岗位职责

邢淑露所在的银行网点因地理位置的关系,业务十分繁忙,基本从早晨8点开始一直到下班,几乎没有空闲时间,接触的人也很复杂。她回忆,曾有一位客户要办理更改预留手机号码的业务,她例行询问那位客户:"这项业务需要本人持身份证才可以办理,请问您是本人吗?"客户回答是的,但细心的她从客户眼中发觉了一丝异样,仔细对比后,她再次问道:"这张身份证上的照片是您本人吗?"这个时候那位客户也察觉到自己已经被识破了,便对着讲话机咆哮:"他自己躺在床上不能动,生活不能自理,你叫他怎么来?"但邢淑露没有就此妥协,反复解释后,那位客户离开了。然而,半个小时后,邢淑露看到了之前那位客户口中"生活不能自理"的人生龙活虎地出现在了她面前,还很不屑地问:"听说改手机号码需要本人?"尽管心中有一丝怨怼,邢淑露还是微笑着回答:"是的。"

邢淑露说,在外人看来她的工作就是重复重复再重复,枯燥到令人发指。但其实,这份工作也需要去敏锐地观察,更需要用智慧去解决各种出其不意的问题。关键是要始终坚守职业道德,沉稳地去面对一切。

接受颁奖

接受培训

在做好工作的同时,邢淑露也时刻关心着银行业的整体态势。她觉得,当前中国正处在一个大变革的关键时期,银行业的经营模式也将会发生很大的变化。如何应对挑战,邢淑露有自己的想法。她认为,虽然银行经营模式会发生变化,但是柜员属于服务工作,服务的根本就是"善待每一位客户,处理好每一项事务",她有充分的自信做好这份工作。同时,邢淑露积极利用业余时间参加银行的培训,学习和了解金融经济形势,学习互联网时代银行的新业务和新技术。由于邢淑露积极的态度和过硬的业务能力,她很快在员工队伍中脱颖而出,工作不到一年就被评为"优秀柜员"。

交流经验,与梦同行

当被问到如果想去银行工作应该做好哪些准备时,邢淑露说,机遇总是给有准备的人的。大学里的学生工作或社团活动都是很好的锻炼,大家应该好好把握这些机会。如果想去银行工作,应该先了解一下现在银行业的状况。想清楚自己所希望的工作状态是什么样子,而现在的银行工作状态又是什么样子的,比对一下,看看自己是否喜欢这样的工作状态,是否能够接受这样的工作强度。经过仔细甄选、辨别,再做出最适合自己的决定。邢淑露还说,在银行工作需要耐得住寂寞,禁得住诱惑,并始终保持一颗积极向上的心。

邢淑露认为,每一条道路上都有出发的人,也有即将归来的人,每个人头顶上都有一方天空,也有变幻莫测的云。不论你将要奔向何方,切记不要停下前进的步伐。因为你的每一分努力,都可能造就不一样的你。只要肯努力,天地就够大。用努力筑成的人生的栖身处,才是真正的无坚不摧。

审核业务

学姐寄语

看到你们,就想起了当年的自己,以及那段逝去的青葱岁月。在大学就应该好好享受大学时光,享受那一份不会再有的惬意,但是惬意不等于堕落。我们这一生,唯青春和梦想不可辜负。青春不散,梦想不灭;昂首远行,且行且歌。愿你们都有一个美好的未来。

采访后记

　　这次的采访使我们受益颇丰,来时的我们紧张彷徨,走时的我们带着关于未来、关于梦想沉甸甸的思考满载而归。邢淑露学姐的经历让我们明白,遵从自己内心选择的同时,也要考虑现实情况,果断地做出选择。在机会来临的时候,不能畏首畏尾,而应勇敢地抓住机会。寻找梦想的旅途可能不会一帆风顺,但是我们始终要记得"不忘初心,方得始终",坚守心中的那一方净土,不被世俗所侵犯。不管你的理想是平平淡淡还是轰轰烈烈,只要抱着坚定不移的心态不断努力,就一定有回报。大学生涯已过半,即将步入社会的我们要加快成长的步伐,在这过渡期内努力努力再努力,为通往未来的道路铺好最坚实的地基。望我们的未来如春风般和煦,愿我们的明天如太阳般热烈,愿我们的圆梦之路能够平坦如康庄大道!

机会留给有准备的人

——访杭州翔鹭外贸有限公司外贸跟单员张方超

文/图：韩信聪　沈屹晨

指导老师：邵金菊

　　张方超，浙江大学宁波理工学院国际经济与贸易专业 2014 届毕业生，现为杭州翔鹭外贸有限公司外贸跟单员。他工作负责，充满热情，充分地将学到的知识与工作相结合，是一位很有经验的外贸跟单员。虽然加入公司才一年多，但他业绩突飞猛进，连续两个月得到"最佳业务员"称号，得到公司老板和同事的一致认可。他踏实、认真的工作态度也得到了客户的信赖。经过不懈的奋斗实干，他在职业发展上取得了成功，并有着光明的发展前景。

🌐 初次见面

　　初次见到张方超，我们就被他的亲和力所吸引。张方超穿着白色衬衫、黑色西裤，简约而又不失风度，虽然工作的时间并不长但却透露出成熟稳重的气息。虽然之前不曾见面，只在微信上有过几次简短的交流，但是张方超一见面便热情地招呼我们，与我们交流起曾经在学

采访张方超（右）

校的趣事。通过交流我们了解到他在校曾担任过学院足球队队长，可以说是文体兼修、一表人才。张方超关心地向我们问起了学校和老师的情况。与他的交谈中我们能深切地感受到他对大学生活的怀念和大学生活对他如今职业生涯的影响。采访就在这样轻松愉悦的气氛中开始了，这不禁让我们更加期待后面的采访中张方超会带给我们怎样的惊喜。

🌐 初入职场

我们采访的第一个问题就是问张方超是如何获得这样一个工作机会的。张方超告诉我们，他在大四的时候曾经在宁波一家外贸企业实习，积累了一些工作经验，但是他发现那家企业并不适合他未来的发展，于是毕业后在朋友的推荐下来到了杭州翔鹭外贸有限公司工作。张方超告诉我们，他负责欧美市场家用电器板块，主要工作是维护好老客户，开发新客户；通过了解市场的动态，根据市场需要，让技术部门改进产品，推介有竞争性的产品给客户。日常工作中他需要明确当天的工作任务，根据领导分配的任务，做好任务记录，然后联系客户，做好各部门的任务统计，下班前对一天的工作做个小结，把当天的完成情况及时向领导汇报。张方超告诉我们，工作和学习其实有许多共通的地方，你需要在工作中一步步积累经验，学会如何处理各种情况，遇到不会的地方就向同事请教，这都是一个积累的过程。

🌐 职场经验

出于对专业的关心，我们询问张方超，从事外贸工作需要具备怎样的素质。他告诉我们，在熟悉外贸业务流程、掌握外贸知识的前提下，英语表达能力对外贸业务员来说非常重要；其次、函电沟通能力也是不可或缺的；还有一点很重要，外贸工作需要积极的工作态度，对自己的工作认真负责，并清楚地完成工作交接，这是一个外贸工作者必须具备的素质。张方超给我们看他电脑中的工作文件，每一个客户每一张单子井井有条。他告诉我们，他会把客户的信息都记录下来并了解客户的不同需求，尽量满足客户多元化的需求，他把每一个客户都当作朋友，对每一张单子都一丝不苟，很少出现错误，因此不知不觉中也积累了不少老客户。我们向张方超询问外贸工作的收入情况，他告诉我们,在实习的时候工资自然是很低的,但是实习是非常宝贵的机会,这是你第一次了解外贸行业,你要仔细地观察周围的人都在做什么,虚心地向每一位同事学习。也许对你来说一开始很难、很陌生,可这对每个外贸从业者来说都是很重要的一步。当你正式踏上社会开始工作的时候,也许一开始的收入无法满足你的预期,但是外贸工作一般都有提成或奖金。当你的客户积累到一定数量的时候,你的收入也会跟着增加。外贸工作的收入完全由你的能力决定,但是切记在工作中一定要仔细,你的大意可能会对公司造成难以估量的损失。

工作中

采访中我们可以感受到张方超为了这次采访做了不少准备,好像想把自己在职场上积累的经验和遇到的困难都告诉我们,不漏下任何一个细节。在采访过程中我们感受到张方超是一个有魅力的人,能在毕业后短短两年时间内完成这样的飞跃绝非偶然。

外贸行业的未来发展

在采访过程中,张方超向我们讲述了他眼中外贸行业的发展前景和国际经济与贸易专业学生未来的发展方向。他认为外贸行业总体上是朝着积极的方向发展的,首先,全球一体化的进程注定各国间联系必将更加紧密,世界市场必将为之开放。其次,尽管有金融危机的发生,但中国在金融危机中依然保持其强者的姿态,相信随着中国国力的日益强盛,中国对国际经济和国际贸易的贡献度一定会提升。与此同时,机遇与挑战并存,外贸企业目前也存在不少问题,例如国内许多出口企业一开始就是以给国外品牌做加工贴牌生产的,始终不能甩掉为他人做嫁衣的处境,虽然国人已经有了品牌的意识,但仍然缺少国际品牌;同时国际标准与国内标准的不统一也给出口加大了难度。对于自己未来的发展,张方超说,他要找到有规划有条理的工作方式,在今后的工作中不断改善,借鉴他人高效的工作方式,取他人之长补自己之短。他相信机会是留给有准备的人的,只要抓住机遇,未来一定能有更大的发展。对于尚在校园中的我们,张方超提出了几点建议。他告诉我们,现在互联网很发达,要学会利用互联网开展外贸业务。同时,考取相关证书对未来的工作选择是一定会有帮助的,对外贸工作来说,外语能力尤其重要,要把握好每一次英语四六级考试的机会。

采访中我们感受到了国贸专业学生面对的机遇和挑战,对于国贸学子来说,唯有加强专业知识学习,开阔视野,才能给未来的就业打下坚实的基础。

热爱生活

随着采访的推进,张方超开始给我们讲述起他的生活。他告诉我们,他每天早上需要转两班地铁上班,晚上还经常需要加班。长时间在电脑前工作容易让人疲劳,所以他坚持锻炼,毕业以后依然坚持踢球,还通过游泳、骑车等方式健身,保持身体的健康。张方超告诉我们,身体是革命的本钱,身体不好了,工作生活都会受到影响,因此运动应该是生活中必不可少的一部分。从张方超的身上,我们依稀还能看到他曾经叱咤理工北操的影子。张方超除了运动之外还热爱摄影,他给我们看他旅行时拍的照片,绘声绘色地向我们讲述他旅

生活中

行时的故事,从他的讲述中我们能感受到张方超是一个热爱生活、享受生活的人。

学长寄语

张方超说很高兴接受我们的采访,虽然他离开大学校园已经有两年之久,但是看着我们青涩的面孔,他一下子就感觉回到了过去的时光。希望我们可以珍惜大学时光,做更多有意义的事。古人云:"长风破浪会有时,直挂云帆济沧海。"张方超告诉我们,相信每一分付出都是我们未来人生路上坚实的一步。"不积跬步,无以至千里;不积小流,无以成江海。"只有从最小的事做起,从一点一滴做起,把握生命里的每一分钟,让每一分钟都变得有意义,才能成为一个有成就的人。

采访后记

虽然采访的时间不长,但是张方超的话语却深深地印在我们心里,我们感谢他接受我们的采访,并祝福他未来工作顺利,登上下一个高峰。而对我们来说,这不仅仅是一次采访,更是一次学习和感悟。通过这次采访,我们知道成功绝不会从天而降,唯有经过自己的努力才能做出一番成就。机会永远留给有准备的人,只有从小事做起,从一点一滴做起,把握时间,珍惜大学生活,才能在未来的职场上闯出一片天地。

你的努力，别人都能看到

——访宁波狮丹努集团有限公司外贸业务员助理蔡素叶

文/图：林钰清　吕昀
指导老师：邵金菊

　　蔡素叶，浙江大学宁波理工学院国际经济与贸易专业2015届毕业生，现为宁波狮丹努集团有限公司外贸业务员助理。蔡素叶学姐性格温和，待人诚恳，是一个谈吐严谨、思维缜密的人。毕业后，蔡素叶进入宁波狮丹努集团有限公司。从一开始的职场新人，到如今对所有工作都游刃有余，从老师都喜欢的优秀毕业生到被公司认可的"银狮新秀奖"获得者，蔡素叶一路摸索前行，始终认为：你的努力，别人都能看到。

初涉职场

　　"我在你们大一的时候给你们上过就业指导课。"刚见面，蔡素叶学姐如是说，伴随着清亮的笑声。蔡素叶的热情与落落大方让我们原有的忧虑与紧张烟消云散，采访过程中，不知不觉就拉近了距离。起初我们对她的了解仅限于她目前工作于狮丹努集团有限公司，在采访中，更多工作上的故事涌现出来。

　　大三暑假蔡素叶在宁波铭睿时尚创意进出口有限公司实习，她并没有把自己当成是一个实习生，而是以正式员工的标准要求自己。每天不但跟着师傅学习外贸业务，而且早上都会提前到单位，打扫卫生，烧开水，整理会议室，在其他人上班之前把准备工作做好，看到哪里需要帮忙她都会尽量去做。这一点得益于她在学生会工作时的经验，实习单位的老总对她印象很好，给予了好评。两个月的实习，蔡素叶进步了许多，懂得了如何处理人际关系，与别人沟通,懂得了谦虚和勤奋的重要性。毕业后蔡素叶顺利地进入宁波铭睿时尚创意进出口有限公司工作,一直到最后离职进入宁波狮丹努集团有限公司,她和该公司的老总一直保持着良好的朋友关系。

采访蔡素叶(左)

初涉职场,蔡素叶非常注重个人基本业务素养的提升,在努力适应新环境的同时还不断提高自身的业务水平。刚入职不久,她就买了很多和外贸有关的书回来自学;工作上也十分积极,一直主动要求跑工厂,观摩服装生产的具体流程;周末经常主动加班,以此来提升自己的实际工作能力。

工作中

她时刻严谨地要求自己,进入公司很短的时间内,她便成为业务员助理,这对于蔡素叶来说,是从未有过的挑战。作为外贸行业的新人,她曾无数次碰壁也无数次想过放弃,可是,她还是坚持着在大学里做事的作风,遇到困难就上,慢慢地克服了各种困难,掌握了工作的要领。如今回头再看看那些曾经遇到过的困难,她说:"其实还挺佩服自己的,当时选择了坚持下来。"态度决定一切,努力不一定成功,但不努力一定失败,采访中她无数次提起那句话:"你的努力,别人都能看到。"

挫折中成长

鲁迅先生曾经说过:"我觉得坦途在前,人又何必因为一点小障碍而不走路呢?"是啊,如果一个人在遇到困难时,只会选择背过身去试图逃避,那样只会使困难加倍。相反,如果面对困难毫不退缩,勇往直前,困难便会迎刃而解。

蔡素叶刚入职宁波狮丹努集团有限公司时,曾遇到过很多挫折。英语,是与国外客户交流沟通、做好一笔外贸业务的重要因素之一。采访中,蔡素叶不止一次提到英语的重要性,工作中由于英语不够熟练所遇到的困难和挫折也不少。一开始,她对公司所经营产品的专有名词不熟悉,光是中文就需要花很多精力去了解,更不用说英文了。在给客户写发盘函或是回复邮件时,对产品名称的规范翻译并不是很了解,就觉得无从下手。对此,蔡素叶说,在熟悉该行业产品的中文名称和一些基本情况之外,主动学习并了解它们的英文翻译和解释,只有这样才能用一些特定的外贸术语写出一份既专业又能够吸引客户的信件,这一点是做一名优秀的外贸业务员所必须具备的基本功。

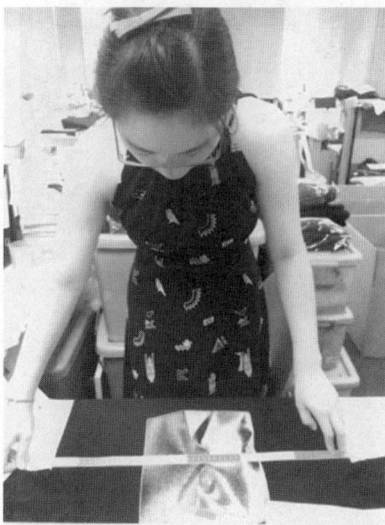

检查服装尺寸

蔡素叶目前跟单的客户是法国人,她依旧记得刚接单时因为英语口语不好又加上自信心不足,不敢与国外客户交流,白白流失了客源的情况。这一度让她十分沮丧,于是她利用休息时间,恶补英语,练习口语,不断尝试着与外国客户交流。

在长期高强度的工作中,蔡素叶曾经将近一个月连续加班至凌晨,下班后回家只能吃泡面充饥。在这样的情况下,蔡素叶明显感觉到了自己身体被透支,慢慢地对工作失去了积极性。父母也劝她，工资这么低，工作又很辛苦，要不辞职吧。她甚至觉得，不管自己多努力，还是得不到应有的回报。"我那时候也想过辞职。"她坦言道。在纠结与徘徊中，蔡素叶选择与人倾诉，通过与父母、同事的交流，她终于舒缓了内心积郁已久的负面情绪，又想到自己一直奉为人生信条的那句话——"你的努力，别人都能看到"，终于选择直面困难，在忍受了将近两个月的高强度工作后，她终于慢慢适应了节奏，掌握了外贸行业的工作规律，并且在公司年终表彰大会上获得了"银狮新秀奖"的荣誉。

她说，一个人受了挫折之后，会了解自身的不足之处，要学会用一个好的心态面对工作，保持热情和积极性，在遇到困境与不顺心时要沉着面对，才能不断地学习与成长。

工作中

把握当下，改变自己

蔡素叶告诉我们，将来我们无论在哪里工作，一定会与同事打交道，与同事共同完成任务。人际关系、交往能力与你的前途、生活之间都有很大的关系。大学是人生中最后一次可以在低风险的情况下学习、培养、锻炼与人相处的能力的机会。

在与蔡素叶的交流中，我们非常佩服她的人际交往能力，然而她的回答却出乎意料，她说："我刚进大学的时候非常不自信，走路都是低着头的。"这令我们很惊讶。通过交谈了解到，为了克服自身弱点，蔡素叶通过加入学生会来锻炼自己的能力，这样既交到了很多朋友，也掌握了不少人际交往的技能。她告诉我们："很多时候，只要你肯勇敢地迈出第一步，以后很多事都会水到渠成。我当初很害羞，可是在学生会工作时，你不能说因为自己害羞就不去完成任务。更何况走上社会以后，如果你不行，机会就让给别人了。这是最简单也是最残酷的生存法则，哪怕你有能力，老板也不会重用你。这是必须要做的改变，而且交往能力提升了，不仅对你的工作有帮助，生活方面也会带来很多的改变。"

工作过程中，蔡素叶发现自己仍有很多知识需要学习，学校的专业知识并不能完全满足工作上的需要，于是，她利用闲暇时间，不断学习，吸收新的知识，努力提高自己。

🌐 学姐寄语

蔡素叶分享了自己的就业经历和经验，她告诫我们，要尽早考取相关专业的资格证书，这是就业的敲门砖。同时她也结合自身经历，分享了就业前准备中英文简历的重要性以及面试技巧，尤其强调了英语对外贸工作的重要性。她说，提高英语口语和听力水平是学习的关键，每天可以抽出一个小时与搭档讨论或自己叙述、评论当今时事热点，注意表达中词汇与句型结构的多样性。

蔡素叶告诉我们，要坚守住最初的梦想，完成自己曾经许下的承诺，要坚信一分耕耘一分收获，有时候会暂时看不到收获，但那并不代表没有收获，好的计划加认真的执行就会换来成功，每一天都是为了更好的未来！

工作中

采访后记

　　通过此次采访,我们不仅对外贸行业有了直观深入的了解,同时心中也更加憧憬未来。作为新一代国际贸易的后备军,我们不仅要谨记前辈们丰富的经验和教训,还要大胆实践、敢于创新,努力为中国的国际贸易事业做出贡献。

不甘平庸，勇敢追梦
——访嘉兴兴欣标准件热处理有限公司负责人张海波

文/图：屠银灵　王喆

指导老师：邵金菊

　　张海波，浙江大学宁波理工学院国际经济与贸易专业 2008 届毕业生，现任嘉兴兴欣标准件热处理有限公司负责人。张海波自大学毕业后创立嘉兴兴欣贸易有限公司，负责嘉兴兴欣标准件热处理有限公司的相关出口贸易业务。2013 年 10 月，张海波入股嘉兴兴欣标准件热处理有限公司，并成为公司执行负责人。目前公司拥有员工 800 名，其中技术人员 80 名。国际业务遍布以南美为主的各个地区，年产量可达 30 万吨以上，年加工产值达 3 亿元。

四年积累，已现锋芒

　　初见张海波，一头简单利落的短发，一副金框眼镜，朝气蓬勃，和善健谈，让人很难将他与一个有着丰富经验的创业人联系起来。随着了解的深入，我们发现他的随性中，透出一个优秀企业家的睿智与练达。眼前这位学长似乎还有着学生时期的恣意爽朗，却已然是一个企业的股权持有者和执行负责人，在他的谈笑风生里也显露出一个领导人的沉稳气魄。

　　张海波一直是一个不甘于现状、敢于突破和创新的人。初入大学，当其他同龄人还在教室、寝室、食堂间兜转时，他已经认识到融入社会的重要性。大一下学期，通过英语老师的推荐，他在一个少儿英语培训机构兼职，得到了人生第一份工作，凭借优秀的英语口语能力，赚取了第一桶金。通过这份工作，他接触了校园以外不同类型的人,学会了如何处理和协调人际关系,这也成为日后促使张海波成功创业的有利条件之一。

张海波从进入大学起就有一个明确的目标——创业。车尔尼雪夫斯基曾说:"实践是思想的真理。"张海波就是奉行这个真理的人。大学期间,张海波就创建了自己的网站并挂靠在有进出口权的外贸公司名下,以他们的名义发邮件给外国客户。虽然专业知识不够,缺乏谈判技巧,也常遇到客户不予回复的情况,但是这些困难并没有打消他做外贸的热情。经过不断努力,他与南美的客户建立了良好的合作关系,第一笔收入就高达 2000 美元。大学时期的创业经历为张海波日后成立自己的外贸公司积累了大量的经验。

采访张海波（左）

🌐 把握机遇，勇于转变

2008 年,张海波大学毕业,遵从父母的想法开始在一家国企工作。在很多人眼里,进国企工作是一个很好的选择,日后生活有稳定的保障,但对于不甘平庸的张海波而言,这并不是他的梦想。

2012 年,张海波离开国企,去嘉兴的一家外贸公司工作了一年,做物流货运(即集装箱运输),开始为日后创立自己的外贸公司积累经验。2013 年张海波成立嘉兴兴欣贸易有限公司,在同年10月,张海波入股嘉兴兴欣标准件热处理有限公司,并成为公司执行负责人。

被问及为什么选择放弃国企这个"铁饭碗"时,张海波说:"正因为国企工作是一个'铁饭碗',所以它的人际变动就很固定,发展空间很有限。"他很坦白地说:"假如你和上司相差五岁,那么也就是说你再努力也要五年以后才可能坐上他的位置,这时你就得衡量那个位置是否值得。"

当张海波决定辞职自己创业的时候,自然听到了周围很多不认同的声音。但对于张海波而言,这是他突破自我的第一步,而且这个决定并非他一时意气用事。2012年第42届世界经济论坛年会在瑞士达沃斯举行,会中提出"要大转型,塑造新模式"。国家也同时出台了一系列鼓励外贸企业参与国际竞争的政策,在出口补贴上给予了很大的资金支持,再加上同样从事外贸行业的亲戚向他抛来了橄榄枝,张海波没有任何犹豫就走上了创业的道路。

逆风飞翔,愈挫愈勇

鲁迅先生说:"我觉得坦途在前,人又何必因为一点小障碍而不走路呢?"确实如此,困难时常存在,如果只想转身逃避,就永远无法克服它。相反,如果能勇敢地面对它,困难就会迎刃而解。

张海波在运营公司期间就遇到过很多挫折。国际贸易往来国家众多,地域范围广,业务往来大多借助网络平台进行,这就不可避免地会出现对对方公司信息了解不够全面的情况。如果对方公司信用度低,就

公司参展

可能遭遇无法收到货款的危险,张海波的公司就曾遭遇过这种险境。张海波从中吸取了教训,因为信用证在某种程度上较为麻烦,因而他不再采用信用证

的交易方式，而是使用新出台的出口信用保险政策（指中国的保险公司保护险，比如说在一单业务中，遇到货款无法收到的情况，保险公司会赔偿一部分，类似于车险）。对于员工跳槽问题，他也有对策，在新员工入职时，他会与他们签订保密协议，如果员工直接拉客户，则算违约行为，要承担相应的法律责任。

公司参加广州紧固件展

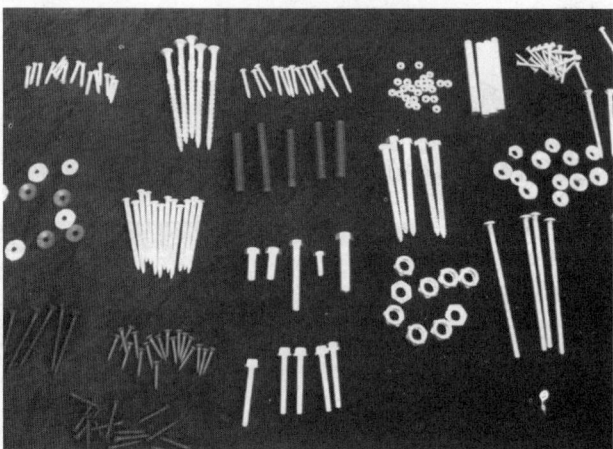

公司生产的部件

态度决定一切，机会皆为平等

作为一路打拼过来的成功创业者，张海波在选择员工团队上很有自己的想法。他跟我们分享了检验新员工能力的一种特有方式："对新员工的考核，我更看重在实际业务中他们的处事态度、应变能力、沟通方式等等，而不仅仅是坐而论道。只要合理，我不会过问他们采取怎样的措施来吸引客户，而只是比较在一定时期内他们能带给公司的实得利益。这最能验证他们的能力。"相比各种理论化的试题成绩，张海波更看重团队成员的实干能力，在选择和管理员工的时候，他也敢于采取这种大胆创新的方式。

张海波认为，员工需要知道两个道理，一是态度决定一切，二是机会都是平等的。公司招聘员工更看重他们自身的努力。张海波会给新进员工半年的缓冲期(也就是实习期)，在这个过程中，允许新员工的利润为零，即不给公司创造任何利润，就当这半年是用来培养他，让他积累工作经验的。然后半年后再对他进行一次考核，看他是不是适合公司发展，衡量他能给公司的未来带来什么。张海波谈到机会都是平等的这一点时举了一个例子。他给新的一批实习生们同样的杯子同样的价格，具体要怎么把它们销售出去，就要看他们自己的谈判技巧及个人的努力了。由于外贸公司接触的国家大多跟我国存在时差，如果恰巧是在你睡觉的时间段，这笔交易就达成了，这跟员工自己的努力分不开。他对新员工的转正要求是业务达成一笔，如果你刚进公司第一天就达成一笔单子，那你就是正式员工了，可见张海波非常看重员工的实干能力。

家庭和睦

采访是在学校进行的，同行的还有张海波学长的家人。采访到这里时，张海波的儿子过来找爸爸说话，我们就顺势聊起了他的家庭情况。一问才知道他的妻子是大学时的同班同学，而他最终选择创业成立外贸公司，除了自己的理想追求，在一定程度上也受到妻子家庭的影响。谈及这个话题时，他和坐在旁边的妻子相视而笑。正是有了妻子在后方的支持和帮助，他才有更大的动力专注于自己的事业。

谈起家庭，张海波的语气变得更加温和，还饶有兴致地跟我们聊起他对于孩子学习英语的看法："学习英语我更看重语言环境，就像我儿子这样的孩子，我会更倾向于选择全外教的机构，让他接触好的语言环境，而不要求他的考试成绩。一个好的语言环境及正确的学习方式、生活态度，才是最为重要的，成绩只是衡量手段之一，并不能说明太多。"张海波自身的英语实力就可圈可点，在对孩子的英语教育上更是有自己的心得。说到这里，他以自身经历劝诫我们要好好学习英语，尤其是对国贸专业学生来说，英语更是一门基础课。

学长寄语

　　现代社会的大学生不应该墨守成规、甘于现状，而应该有梦想并且敢于追求梦想。在已有目标的前提下，要不断地完善自己，努力适应社会大环境，甚至主导大环境。同时，也要时刻提醒自己不忘初心。上大学的意义是什么，为何选择浙江大学宁波理工学院，大家的心里应该都有答案。张海波学长借竺可桢老校长的两个著名叩问来激励我们："到宁理来做什么？将来要做什么样的人？""相信自己，当我们有目标的时候，任何梦想都触手可及，宁理学子奋斗、加油！"

采访后记

　　和印象中的创业者不同，张海波学长和蔼风趣、随性幽默，我们的采访氛围也一直轻松愉悦。在采访过程中他也一直很照顾我们，主动引导话题让采访内容更为丰富，与他交谈于我们而言不再是一种任务，而是一种享受。做人坦坦荡荡，做事勇于实践，做企业敢于创新，这便是张海波给我们留下的深刻印象。张海波通过自己的努力，从一名热血青年成长为一名处事果敢决断的企业家，在人生征途中不断实现着新的跨越。

生活中

成功贵在坚持

——访浙江宝信网络科技有限公司总经理陈宏韬

文/图：徐睿　何雨庭
指导老师：覃美英

　　陈宏韬，浙江大学宁波理工学院国际经济与贸易专业 2016 届毕业生，一名创业者，现任浙江宝信网络科技有限公司总经理。尽管他毕业不久，但在他身上我们看不到他对人生的迷茫，看到的反而是一种勇闯社会的无畏勇气。"失败是成功之母"这句至理名言被我们从小奉行到大，似乎在我们开始学会遣词造句写文章的时候，这句话就是有关成功的文章中的必备之句。如今，这句话也成了陈宏韬矢志不渝的信念，激励着他不断前行。

🌐 初识印象

　　都说"90 后"是迷茫的一代，这大概是个误解。我们采访的陈宏韬学长显然不是这样的。1994 年出生于浙江丽水的他，文质彬彬、幽默谦逊的外表下似乎有着一腔热血，在南方人不算粗犷的身量中蕴含着巨大的能量。

　　我们到达的时机赶得不巧，陈宏韬正在给他的团队开

开早会

早会,后来采访中他告诉我们"一日之计在于晨",所以早会这样的例行会议是他每天必不可少的任务之一。

机遇与尝试

陈宏韬从大二就开始尝试创业了。第一次创业总是印象深刻的,在谈及这次创业经历时,陈宏韬的语速有些急切,似乎我们不用问下一个问题,他就已经循着回忆娓娓道来,一个一个的想法,一点一滴的细节无不在告诉我们一个年轻人对自己第一次创业经历的重视。陈宏韬最初的创业尝试是外卖行业。在开始做外卖前,陈宏韬和他的伙伴们去调查了解学生需求,发现即使学校周围的外卖能够递送到寝室楼下,对于学生来说还是存在麻烦,有住在一楼二楼的同学,自然还有住在四楼五楼的同学。在校园中我们也看到过住在五楼的同学用绳子吊着一个桶放到一楼拿外卖这样令人啼笑皆非的举动,可见这小小的几

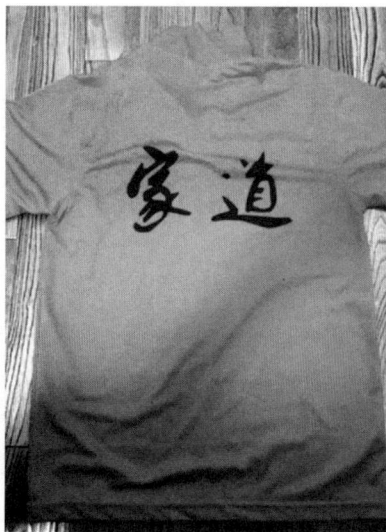
家道外卖工作服

个楼层蕴含着不小的商机。鉴于这样的调查反馈,陈宏韬认为送到寝室门口的外卖还是具有较大市场的。陈宏韬和他的创业伙伴们把自己推出的外卖取名为"家道":家道外卖——一种直接送到家门口的外卖。他将各商家的外卖经过整合后,由学校站点作为统一的外卖配送平台。于是他们开始联系店铺,并通过洽谈约定以售价50%的价格拿进饭菜,然后他们自己提供品牌,即家道外卖,冠以自己的独家包装和特殊配送。陈宏韬特别提出,通过这样的方式,他们不需要自己进行加工,节省了设备方面的支出。但是一开始的难点就是要联络商家,与商家沟通价格,好在当时几个合伙人都比较健谈,打动了不少商家,由此开始了第一步。之后他们以学校作为中转站,商家将外卖做好后统一由学校发到各个寝室。当时作为中转站的场地因为是在学校内,所以也不需要太多的花费,因此这几乎是零成本创业。而且因为几个合伙人在学校有较广的人脉,所以一开始家道外卖就受到了同学们的支持,有一个比较好的开

头。第一天正式开业时间是 11 点,而截至 11 点 10 分时,订单已超过两百个。然而,随着生意的日益火爆,不少问题也接踵而至,比如说订单过多导致配送员不够,配送时长增加,饭菜送到时已失去较好口感等。当谈到这些时,陈宏韬表示这些问题不可避免,但会尽力调整配送结构,力求给同学们最好的服务。

但由于人手问题,更重要的还有自身课程的原因,这次创业并没有持续下去。他说:"我们不能否认这是一次珍贵的创业经历,从发现商机到实行计划,作为人生第一次创业尝试来说,都可圈可点。"但陈宏韬知道自己还是一个学生,还有学业课程需要兼顾,对于家道,他无法做到尽善尽美,于是他果断地选择了放弃。当然这些因素都是能够克服的,相信若是有时间有精力,他们还能做得更好。

采访中陈宏韬表示,在家道外卖上的创业尝试,他没有坚持下去就不算成功,但这次创业带给他最重要的不是多少收益,而是这种亲力亲为的经历。

除了外卖配送,陈宏韬还尝试过许多创业方式,有快餐店、生活馆等。他说这么多创业项目中其实很多都失败了,家道外卖的发展即便有难处,但过程还是较为顺利的。当谈及自己认为非常失败的一次创业经历时,陈宏韬对我们说起了"大叔的小店",这个时候我们才知道原来之前位于 17 幢楼下的那家小清新风格的店铺是他开的。谈及失败原因,他分析是因为当时没有做好充足的市场调查,一开始也没有确定明确的经营方向,店里卖的东西也没有什么针对性,种类比较杂乱,导致经营惨淡,以致最后只能关门。这是一次完全失败的经历,但陈宏韬表示他并不后悔,因为这次经历对他来说同样宝贵,从此他明白创业不是想当然,没有一定的竞争优势是不可能成功的,创业必须考虑前因后果。没有足够的市场调研,没有精细的计划分析,没有明确的消费定位和人手调度不力都是"大叔的小店"失败的原因。他笑着对我们说,这都没什么,创业就是吃一堑长一智,自己心态还算好,输得起,毕竟失败是成功之母!

工作中

事业的蓝图

　　毕业季的来临，也使得他们从学生蜕变为社会人，当谈及毕业后他都做了些什么的时候，陈宏韬毫不在意地说自己毕业后在家休息了一段时间。我们十分诧异，因为这并不是我们认知的毕业规划啊。学长笑了笑，告诉我们他的确休息了一段时间，并且好好思考了一下自己未来的规划，他说他就留在宁波了，毕竟相较于小城市，宁波这样的地方有更多的机遇。谈及他的发展方向时，学长告诉我们是互联网贸易。在我们的爷爷辈，消息来源于看报纸；在爸爸辈，消息来源于广播电视；而到了我们这一辈，消息在网络上铺天盖地地传播。在网络盛行的时代，各类"网红"层出不穷，包括微信公众号，而陈宏韬的目标就锁定在微信公众号的推广上。根据腾讯官方数据，现在有 200 多万个公众号，并且以每天 8000 个的速度在增加。对于这样的网络形势，陈宏韬表示，正是因为这样巨大的发展潜力，他才选择用微信公众号做推广。

学长寄语

　　在采访中，我们也十分好奇，陈宏韬历经多次尝试，是否会因为一次次的失败而疲惫，或对自身产生怀疑。他说其实不会，疲惫是身体上的，却不是心灵上的。创业是一件很有趣的事情，在这个过程中你会得到很多的经验，也会遇到很多有趣的事情，结交更多的人，认识志同道合的朋友。他与曾经一起创业过的伙伴就是很好的朋友。对有创业打算的学弟学妹的建议，陈宏韬也没有过多谈及，他认为自己的创业也不是十分成熟，而是在摸索中前进。他表示首先要确定自己的目标。创业需要花费很多的时间和精力，这就要求权衡好学习和业余时间，需要提前做好规划和选择。

生活中

因此创业之前就要先考虑好，无论结果如何都需要自己去承受。第二，创业从来都是会有失败的，而且失败的可能性很大，所以要做好心理准备，不要因为一次失败就对创业失去信心或从此一蹶不振。要从失败中汲取经验，那样才能战胜失败。第三，创业经常会遭遇各种挫折，要有持之以恒的毅力和勇气。如洽谈业务被拒时，只要还有希望就要继续为之努力；姿态要摆正，即使是有求于人时也要不卑不亢，不必低声下气。最后，适合自主创业的人性格需要比较外向、张扬，需要交际能力比较强，自信和决断能力比较好。陈宏韬笑着告诉我们，要好好享受大学生活，课余时间多出去看看、多认识朋友，因为这也是在为之后的创业积累经验，创业反而不是那么迫切。

采访后记

采访结束后，我们感触良多，每个人的生命都应该有自己的方向。陈宏韬的创业经历让他成长了不少，也为他步入社会提供了丰富的经验，使他步入社会后更加游刃有余，能从容面对各种挑战，做一个合格的社会人。的确，失败并不可怕，从失败中汲取经验，得到成长才是最重要的，相信自己，成功贵在坚持。

稳扎稳打，自由飞翔
——访太平鸟服饰有限公司电商运营部职员杨佳悦

文/图：赵一臻　吴金璠

指导老师：覃美英

　　杨佳悦，浙江大学宁波理工学院国际经济与贸易专业2016届毕业生，现为太平鸟服饰有限公司电商运营部职员。在校期间曾任电子商务142班班导师助理，学习成绩优异，多次获得奖学金，并积极参加志愿者服务。在老师的指导下，进入太平鸟集团。因此，杨佳悦十分珍惜此次工作机会，工作十分努力。

做好人生规划

　　初见杨佳悦学姐，就感觉她是一个素雅文气的女子，带着青春气息，举手投足间透着蓬勃活力，同时又大方得体，有着职场人士的成熟与稳重。聊天时，可以发现学姐是一个十分开朗热心的人，随和可亲，耐心聆听我们的每一个问题，并根据实际情况一一解答，令我们获益匪浅。

　　回首大学四年的生活，杨佳悦学姐说，进入大学首要的一件事就是要认识自己，做好未来几年的人生规划。认识自己，不仅仅是对自身的反省，也是对我们身处的社会环境的了解与把握。认识自己，可以通过将人生中的大事罗列出来的方法，做一份人生简历，然后至少花大半天的时间深入地思考这些事情带给自己的影响，这样你会得到一个比以往都清晰的自我认知，并在日后随着阅历的增长，在成功、挫折与反思中不断修正和完善对自我的认知。对社会环境的了解与把握，最根本的在于自己平时对社会的关注以及在人际交往中的感悟，如此你才会更清楚地明白自己需要具备什么样的条件、能力与核心优势才能在踏入社会后更好地立足与发展等。具体说来,就是要根据自身和社会环境谋划好自己毕业后的选择,是出国留学、国内读研还是就业,确定基本方向后,接下来可以去评估国内外各高校的基本情况和招生要求,或者是各个行业的发展前景以及招聘要求,由此把握未来四年自己要努力的方向和应具备的素质与能力。杨佳悦认为,正是这份人生规划,为她能够在激烈的竞争中崭露头角,为获得这份来之不易的工作机会奠定了坚实的基础。

🌐 实践出真知

谈及我们最关注的毕业找工作话题,杨佳悦说,初时对于招聘信息的获取也是毫无头绪,不知道从哪些途径去收集招聘信息,往往有些合适的岗位等知

工作环境

道消息时已经结束招聘了。一次次错失机会,实在让人扼腕叹息。在对前方迷茫的时候,如有人指点一二就好比给我们点亮了一盏指路的明灯,让我们透过重重迷雾看清前方的道路。学姐告诉我们,寻找工作的同学可以多留心校园里的招聘会,此外,同学们还可以去智联招聘、前程无忧等招聘类网站上寻找招聘信息。要获得一份满意的工作必须注重实习机会的把握,因为很多工

作岗位的获取都是从暑期实习转正而来。实习机会的寻找非常需要毅力和执行力，一份好的实习机会往往要在自己具备了出色的实力和面试技巧后才能抓住，而好的面试技巧往往需要多次的磨炼才能造就。所以有的同学，自我感觉较好，觉得不需要一些普通的实习机会而直接盯着理想的实习岗位，但因为准备不充分而失手，从而错过了自己珍视的机会。因此，学姐的建议是，在大二大三的时候，不妨投些实习岗位练练手，积累面试经验和实习经验，这样对毕业实习机会的把握有很大的帮助。

关于面试，学姐提醒我们面试很注重考验个人素质和反应能力，有一些事项需要特别注意。首先，要做好面试前的准备工作。比如，简历要突出自己的优势，不能太过简略也不能太过繁复；衣着打扮要正式得体，穿正装是最基本的礼仪；女生可以画个淡妆，这样可以表现出你对这份工作的重视，能给面试官留下良好的第一印象；面试前要充分了解这家用人单位的基本情况和应聘岗位的相关信息，否则面试时无异于盲人摸象。其次，面试过程中，对面试官提出的问题要认真端正地回答，不要太紧张，放轻松，也不能太过随意，要表现出自信的一面；对于一些专业问题要严谨且熟练。

刚毕业踏入社会，同学们仍然稚气未脱，在工作中磕磕绊绊是难免的。学姐以自身的经验贴心地提点我们：走出校园，成为职场新人，工作中要细致认真，努力避免错误；工作压力大时需要找到排解压力的方法，慢慢调整心态，尽快适应用人单位的氛围；在一开始的时候，难免会做错事，面对这种情况，不能找借口，而应该坦然承认错误并吸取教训；对工作有想法，也要勇敢与领导交流。相较于本科生，有些用人单位更加青睐硕士研究生，如工作中遇到区别对待也不要心急，做好自己的本分，表现好还是有机会的，不要放弃希望，也不要错过任何机会。"态度决定一切"，什么样的态度决定了我们有什么样的成就。

🌐 学姐寄语

　　一个合格的大学毕业生，一定要有过硬的专业知识和技能，大学学到的大多是理论知识，实际操作经验还非常缺乏，所以为了就业，就必须留有时间走出学校，去提前学习工作所需的经验。第一是要有良好的书面表达能力，写出的简历、求职信要扬长避短，突出重点，措辞巧妙，能引起阅读者的重视。第二是要有良好的口头表达能力，在与用人单位或同事交谈中能给人以诚实、谦虚、稳重和成熟之感。第三是要有一定的抗干扰能力。抗干扰能力当中，最重要的有两项：一是能够准确地鉴别信息的真伪，据此合理管理时间；二是能够捕捉最佳决策时机，从纷繁的信息中发现有用信息，避免顾此失彼。大学是我们人生中一个重要阶段。要充分把握大学短暂的四年时间，掌握必需的专业知识和技能。成功属于有准备的人，我们在慢慢适应大学环境的过程中，还要注意确立远期发展目标，从个人兴趣爱好、思维方式、知识结构、拼搏精神等多方面进行考虑，制订并不断完善大学的学习规划，为四年后的新一轮挑战增加筹码。大学时会经历各种事情，对我们来说也是磨炼，但这能提高我们的办事能力。学姐热心地劝告我们，在大学时不要放过任何历练自己的机会，这会给我们的工作提供很好的经验。在人多的时候也要敢于发言，表达自己，锻炼自己，放开自己。用人单位比较注重你的诚信、处事方式、敬业精神、创新能力、执行力、职业道德以及耐挫性等等综合素质。

学姐最后的一番寄语让我们深有感触：要么读书，要么健身，要么旅游，大学需要多一份努力多一点激情；做想到的事，不要让想法慢慢地成为过去；年轻时应该找到一件愿意为之不懈努力的事，譬如你感兴趣的工作，释放自己的激情。希望学弟学妹们尽早给自己一个定位，一份未来的规划，活成你喜欢的样子。

采访后记

这次的采访让我们获益匪浅。作为我们的前辈，学姐教会了我们很多，其中最关键的有两点：一是不浪费时间，二是多学习。我们应多学习，开阔自己的视野，不要囿于已有的观念，多看看外面的世界，这对我们思想觉悟和人生境界的提升定然有诸多好处。我们也要时刻谨记，无论现在还是将来，都要学会沉淀自己，忠于自己的内心，不放过任何一个能够锻炼自己的机会。

不负生活，便是精彩

——访浙江亿视电子技术有限公司客户部经理戴韦锦

文/图：王雅颖　周心彤

指导老师：覃美英

　　戴韦锦，浙江大学宁波理工学院国际经济与贸易专业 2012 届毕业生，现任浙江亿视电子技术有限公司客户部经理。在校期间曾任团支书、班长、学习委员等职，2012 年大学毕业后，戴韦锦在余姚从事过一年的外贸行业，后来由于家庭原因辞去了在余姚的工作回到了杭州。回杭州后，她出人意料地离开了外贸这个行业，而是选择了浙江亿视电子技术有限公司，并用了将近三年的时间，从一个基层业务员做到了客户部经理这个职位。她的经历告诉我们：只要不辜负生活，你的人生便是精彩的。

🌐 初识印象

　　联系戴韦锦学姐之前我们心中充满忐忑，因为由于各种原因，我们最终只能通过电话采访。起初很担心她会拒绝我们的访谈要求，直到联系后才发现她其实是一个非常和善而温柔的学姐，丝毫没有我们想象中的职场女强人的强势与

旅游中

冷淡。为了确定合适的访谈时间,我们屡次三番联系戴韦锦,而她总是不厌其烦地一一回复,甚至为我们做了诸多考虑,因此我们一度无法相信这样一位学姐竟会是一个部门的经理。

🌐 工作经历

对许多大学生来说,大学毕业后何去何从,是一个重要的问题,也是人生中一个关键的转折点。处在人生的十字路口,只有确立明确的目标我们才能踏着坚实的脚步走向美好的未来。正如荷马史诗《奥德赛》中所说:"没有什么比漫无目的的徘徊更令人无法忍受的了。"按照既定的目标,刚踏出校门的戴韦锦选择来到余姚这座陌生的城市,开启了她新生活的篇章。在余姚,她选择从事与自己专业相符的外贸工作。谈起人生中的第一份正式工作,戴韦锦坦承,进入这家规模不大的公司前,自己也曾权衡过成败得失,但始终认为无论结果如何,勇敢地去尝试总比犹豫不决、彷徨不前要好。学姐说今天回头来看这段经历,仍然觉得从中获益匪浅,尤其是人际关系的处理和对社会的认识方面有很大的进步,这些对她现在的工作与生活都具有重要的影响和意义。虽然她十分珍惜自己人生中的第一份工作,但一年之后还是由于家庭关系辞去了这份工作,回到了家乡杭州。

回到杭州后,戴韦锦并没有急着去找工作,而是给自己放了一个假,利用这难得的空闲静心思考自己过去的得失以及未来的发展方向。经过深入细致的分析,她决定跳出外贸行业,并最终选择了浙江亿视电子技术有限公司。用了将近三年的时间,她从一个基层业务员做到了客户部经理这个职位。她说,她喜欢这里的企业文化和工作氛围,这是她想要的生活,也明白了自己的努力方向。当我们问及大学所学专业和工作不对口的话题时,戴韦锦表现得很淡然。她说在大学里,很多同学都认为毕业后找一份与专业对口的工作是一件理所当然的事情,但其实现在社会上很大一部分人从事的都不是与专业对口的工作,这是很常见的一件事,关键在于你是否喜欢、是否适合这个职位。

既然从事了与专业不对口的工作,那大学四年里所学的知识还有用吗?对此,我们心存疑惑,然而戴韦锦的一番话又使我们有如拨云见日,茅塞顿开。古人云,开卷有益,她说,无论哪方面的知识,总是会带给学习者不同的影响和帮助,更何况是大学学习了四年的知识。当你从事了与专业不对口的工作时,也许大学学习的专业知识不能对你的工作产生直接影响，但毫无疑问影响和帮助肯定还是有的。比如，自己当时就读的是国际经济与贸易专业，虽然现在已不再从事外贸行业，但不可否认还是从中学到了一些营销策略和谈判技巧，大学里持续性、系统性的练习不管是对于面试，还是与客户的磋商都很有帮助。而且，大学不仅仅有专业课的学习，还有像心理学等课程的辅修，学习这类课程对工作的顺利开展也是有一定好处的。比如对外，你要揣摩客户的意志，因为做业务最基本的必备能力就是学会读懂客户的需求，不仅仅是表面的需求，还有内心深层次的需求，这样才能挖掘他们真正的需求，从而提高自己的业绩；而对内，你得揣摩同事的意志，不能让他们觉得不便，否则会导致你自身工作的低效。而这些方法的掌握不仅仅需要工作上的实践积累，也需要有理论上的铺垫和指导。只有熟练地掌握了基本理论，才能在第一时间拿出解决方案。

🌐 多彩生活

　　每一份看似轻松的工作背后总是伴随着巨大的压力和付出。每天，戴韦锦不仅要完成自己的业务要求，还要管理好自己团队的员工，工作压力不可谓不大。那么如何缓解工作压力，让自己保持良好的工作生活状态呢？戴韦锦说，缓解工作压力其实很简单，累了的时候把工作暂时放一放，去做自己喜欢的事情，就能忘掉工作中的烦恼，心中的阴霾也能一扫而空，然后再以轻松的姿态回归工作。比如她每个礼拜都会看喜欢的综艺节目，随着节目一起哈哈大笑、沉浸其中，可以有效地缓解一周积压下来的工作压力。此外，和朋友聊聊天、回家里吃顿饭等都是缓解工作压力的好方法。工作之余，戴韦锦也经常与家人、朋友一起郊游、做美食，度过美好的闲暇时光。她说，不管从事什么工作都不要把工作上的压力带回家，家是一个温暖的港湾，你可以卸下一身风尘在家里安心休息，使自己重新凝聚起勇气去面对工作中的挫折与困难；但家不是情绪的垃圾桶，不能把所有不好的情绪都往里扔，让你的家人来替你承担那些压力。

🌐 学姐寄语

　　采访接近尾声，戴韦锦也应我们的要求对学弟学妹们提出了忠告：不要妄自菲薄,不管身在哪里,只要自己肯努力,总会有收获。珍惜大学四年的美好时光,很多同学读书时想要尽快毕业、尽早踏入社会工作,而踏入社会后又希望时光倒流、回到校园,因为那四年是最轻松最愉快的记忆。不要辜负四年的光阴,学好自己专业的同时可以多辅修几门自己感兴趣的课,对自己今后的工作与生活都会有很大的帮助。

采访后记

现代人的生活脚步总是异常匆忙,忙着应酬,忙着赚钱,忙着进修,却很少有人忙着享受生活。近年来,"幸福指数"这个词一度成为热点话题,引起全民的热议,但是幸福又是什么呢？在与戴韦锦这段不长的访谈中,我们仿佛看到了一个单纯、和善、淡然,却又坚毅不拔、充满智慧的女孩,尽管我们未曾相见。工作中她不曾怨天尤人、心怀嫉妒,有的只是朝着心中的目标踏出坚毅的脚步;生活中她怀着一颗少女般单纯的心安然地享受闲暇时光。这又何尝不是一种幸福!

幸福只在于自己的感受。这次访谈让我们明白,努力工作、努力地享受生活,便是一件非常幸福的事情;不管你身居何种职位、生活如何艰难,只要你不曾辜负过它,你必将拥有属于你自己的精彩人生。

做永远不被驯服的大象

——访宁波市政府档案室选调生魏滢

文/图：罗怡雯

指导老师：覃美英

　　魏滢，浙江大学宁波理工学院国际经济与贸易专业 2016 届毕业生，毕业后成为宁波市政府档案室选调生。在校期间，曾担任团支书、国贸 2014 级班导师助理，专业成绩优异，曾获一等奖学金、"优秀团干部"、"三好学生"、"浙江省优秀毕业生"等荣誉；也曾多次自主创业。毕业后通过选调生考试，现在市政府档案室实习。

　　暑期不短，而 2016 届的学长学姐大多已踏上工作的征途，自此再没有暑假。尽管工作经历并不丰富，但是刚踏上社会的他们，是热血的，就连那份感悟也是炽热的。初出茅庐，一颗向上的心，一份刚开始的事业，一切都让人兴奋不已，热情不减。大四是分水岭，校内校外，或许如围城那般，在校的想急切毕业，毕业了的却又想体验大学生活。暑假里，我有幸采访到魏滢学姐，与她进行了一次深刻交流。

往事回首

　　魏滢于 2012 年入学，那时候的她还满是青涩。她入校时就读的是计算机专业，后来结合自身特点与兴趣以及就业趋势，大二时选择转到国际经济与贸易专业。四年里，魏滢品学兼优，年年获得奖学金以及"三好学生"荣誉称号，毕业之际，又获得"浙江省优秀毕业生"称号。在校期间，魏滢曾担任团支书一职,对班级事务尽心负责,并通过坚持不懈的努力,最终成为一名合格的共产党员。她说,大学四年,付出了就无悔。大学的收获在于,学习了专业知识,形成了自己的知识体系;结识了一群朋友,结下了纯粹深厚的友谊;学到了课本之外的知识,提升了自己的综合技能与修养,为踏入社会做好了准备。大学四年,是人生关键的四年,她反复告诫我们,一定要好好珍惜这四年。

本文作者和魏滢(右)合影

回顾大学四年的时光,魏滢仍感慨不已。她说,大学期间最难忘的经历就是创业和当班导师助理的经历。魏滢早在大一下学期的时候就积极地为创业做准备了,进入大二后正式开始和几个伙伴一起创业,并一直持续到大四上学期。创业期间,她经历过自己送外卖、签约、开店、被人毁约、创办公司、注销公司等各种经历与磨难。尤其是遭人毁约的经历,促使她认识到书面文件的重要性,并开始学习和钻研相关的法律知识。她说,虽然最终大家分道扬镳,公司也注销了,但是创业过程中她和伙伴们之间收获了特殊而深厚的友谊,今后无论身在何方,这份友谊长存。创业也让她积累了丰富的工作经验,这将使她获益终生。创业也塑造了她的性格,她说:"大学里创业的经历,我觉得对我真的是影响蛮大的。创业前我比较粗心大意,创业过程中的种种困难与挫折使我变得更加谨慎、心细,也更加吃苦耐劳,在人际交往上更在乎别人的感受,学会了换位思考。"

当班导师助理是大学期间让魏滢终生难忘的第二件事。当班助之初,她也曾迷茫，担心自己工作方法不得当，顾此失彼，带不好班级，也不知道自己的辛苦付出是否值得。但后来学弟学妹们的热情与支持让她重拾信心，在工作中也摸索出了一套有效的管理方法与技巧，尤其是学弟学妹们的青春与真诚总是让她有一种回到自己刚步入大学时的错觉。一年的班助工作下来，魏滢与班里的很多学弟学妹都结下了深厚的友谊。如今回想起来，与学弟学妹朝夕相处的那段时间成了她大学最难忘的时光。

魏滢和她当班助的班级的同学

回首大学四年，魏滢说刚进入大学时也有过迷茫，她从自己的经验出发建议学弟学妹们认真做好职业规划，明确未来的方向，才能在毕业找工作时不至于过于迷茫。对于学校多年的培育，她充满感激。"理工是我一生的财富，也是我一生的家。"魏滢如是说。四年的青春记忆深深地烙印在脑海里，图书馆、寝室、食堂等等都已旧貌换新颜，但不管如何变迁，理工的一草一木都是心底深处抹不去的记忆与牵挂。

工作历练

谈起当初参加国家公务员考试的选择，魏滢说，其实当时并没有考虑太多，只是觉得自己有当公务员的意愿，也就不妨一试了。有了这个想法，她便很快付诸行动,积极备考,幸运的是最终成功了。初入职场,魏滢坦言,上班之初并不习惯。因为在大学里,拥有较多的自由;而初进单位,明显有一种被约束的感觉,且与同事相处时日尚短,相互之间缺少共同话题。后来,为了改变这种现状,魏滢想了一个办法,在情人节的时候,她给所有的同事都送了束玫瑰花。魏滢回忆说,那个时候办公室原有的压抑气氛一扫而空,变得甜蜜温馨。这次经历让她觉得职场中人与人之间的交往其实没有想象中复杂,只要你肯主动付出,总是能获得回报。即使是面对领导也不必心存畏惧,一开始她不敢和领导说话,问题也不敢多问,但后来发现领导经常主动和下属沟通、交流,还教会她很

毕业前的魏滢

多东西,比如在机关和乡镇的工作中可能会遇到的困难和解决办法。这些改变了她对领导、对工作的看法。

档案室的工作比较繁琐,很多时候都是在做重复的工作。上班之后,魏滢对公务员的工作性质产生了新的认识。"档案室的这些档案是要跟着人一辈子的,所以要好好整理,对别人负责。很多人说公务员就是上班、喝茶、下班,是一份安稳的工作,但是就我个人切身体验来说,我觉得这是一个误解。我所看到的公务员都一天忙到晚,周末有时还要加班。"在档案室的实习中,魏滢学到了三方面的知识与技能:第一,与人沟通、待人接物的能力;第二,整理资料、审核资料的能力;第三,解读政策的能力。尤其是从同事身上学到了很多处理人际关系的技巧和公职人员所要具备的素质。初入职场,魏滢最深的感悟是,没有哪份工作是真的轻松的,你所能把控的只有自己的心态。

🌐 梦想生活

魏滢现在的生活基本是三点一线——家、办公室以及健身房,不过也经常安排周末旅游。她对目前的生活方式基本满意,生活态度积极向上,但也希望有更多的自由时间。看万卷书,行万里路,带一颗初心,是魏滢心目中理想的

生活状态，享受学习和自由，潇洒而超脱。正如一本书中所说：如果要给美好的人生一个定义，那就是惬意；如果要给惬意一个定义，那就是三五知己，谈笑风生。"要珍惜大学生活，拿起一本书就能看一下午，不过现在没有这样的机会了。"

学姐寄语

采访的最后，魏滢对在校的学弟学妹们提出了忠告：大学之初，认真详细地规划适合自己的职业生涯，让自己在大学毕业面临就业之时不至于迷茫；珍惜大学四年的美好时光，珍惜大学的同学友谊，珍惜自由的读书时光，这是人生中不可多得的美好回忆；多体会，多学习，用四年去织就自己的知识体系、逻辑思维，树立正确的人生观、价值观与世界观；甘于付出，努力去奋斗；看万卷书，行万里路，空暇之余，也不妨走出去多看看世界。最后她把自己的座右铭送给大家：永远年轻，做永远不被驯服的大象。希望学弟学妹们勇敢地闯出自己的一片天。

采访后记

"听君一席话，胜读十年书。"对魏滢的这次采访，我收获良多。她谈及准备国考的经历，很艰辛，很坎坷。路不是一帆风顺的，但是岁月因奋斗而精彩。"我们总是喜欢拿'顺其自然'来敷衍人生道路上的荆棘坎坷，却很少承认，真正的顺其自然，其实是竭尽所能之后的不强求，而非两手一摊的不作为。"该用怎样的态度对待剩下的两年大学时光，又该用怎样的心态对待就业，魏滢的经历给了我诸多启示和感悟。珍惜时光，憧憬未来，过程中努力付出与拼搏，从容地面对结果。学习或许是这世上的容易之事、幸福之事：在校，努力学习知识；在外，增长见闻。大学四年，是关键的四年，成长的四年，人生可能不是完完全全靠这四年所决定的，但这四年却会深深地影响人生的方向。需要明辨，需要笃实。希望努力付出、拼搏的人能收获自己的一片天。"未来不迎，当时不杂，既过不恋。"大学四年，我还在路上。

无惧风雨，勇往直前

——访宁波市瑞铭顺源有限公司总经理金纯骏

文/图：周郁莹　马巧云

指导老师：覃美英

　　金纯骏，浙江大学宁波理工学院国际经济与贸易专业2010届毕业生，现任宁波市瑞铭顺源有限公司总经理。金纯骏2006年进入浙江大学宁波理工学院国际经济与贸易（中美）专业学习，大四时因为个人原因转入国际经济与贸易专业，大学毕业后，进入家中所办企业，随后自主创业，成立了宁波市瑞铭顺源有限公司，主要从事五金制品出口业务。

基本情况

　　金纯骏是慈溪人，家里开有企业，大学毕业便进入企业帮忙。他没有辜负家里的期望，经过一段时间的历练与积累后，他在宁波创办了自己的公司——宁波市瑞铭顺源有限公司。公司主要经营五金制品出口，目前发展势头良好。开业初期，为了扩大公司的经营范围，金纯骏顶着巨大的压力，四处奔波、应酬，以融入新的圈子，其间饱尝了社会的人情冷暖。由于英语水平有限，初入外贸行业时，与客户的交流沟通受到了很大限制，书到用时方恨少，这时他开始后悔大学期间没有好好学习英语。所以，在采访中，他告诫我们，毕业后要想在外贸行业更好地发展，大家必须加强英语学习，牢牢掌握这门世界通用语言。

那时花开

大学期间,金纯骏与大多数男孩子一样,喜欢玩游戏,喜欢到处旅游。为此家里给他配备了一辆车,为他的闲暇时间增添了许多乐趣。他说,车不仅仅是代步工具,也是他的忠实伙伴。平时除了寝室,陪伴他最多的就是这辆车,所以到现在也未曾更换,这辆车已经成为他忠实的伴侣。大一的时候,学校要求他们每个人写一份职业生涯规划,起初他认为很简单,因为他觉得自己胸有成竹,他的头脑中一直有关于未来的规划,很明确地知道自己想要什么、该向哪个方向努力。然而,却不曾想真正将这份规划形成文字时,才发现自己竟然茫然不知所措。"我觉得我的理想就是一个海市蜃楼,只能远远地看见,我甚至连怎样去实现理想都不知道。我试图寻求一条可以快速、顺利实现理想的道路,我在思考毕业后的选择,大学中该怎样生活,该掌握什么知识……可我却陷入了更加迷茫的境地,最后我不得不用'走一步看一步'这句话来安慰自己。"

大学里该学什么?大学里又能学到什么?这一直是我们关心的话题。金纯骏以一个过来人的身份告诉我们,大学时光是他最难以忘怀的岁月,人生的价值观、世界观、人生观都是在那段时光最终形成的。"不仅仅学知识,"他肯定地说,"直到现在我依旧保持着读书的习惯。大学里需要学习的有很多,如果你仅仅看到了专业课的那些知识,你肯定不会走得远。其实大学里的学习全靠自己,这句话你们一定都听过很多次,但有时候听到不代表做到,你们扪心自问,自己真的做到自主学习了吗?图书馆的资源是很丰富的,你可以涉猎很多知识,你感兴趣的课程也可以去旁听,这就是大学,没人来干涉你的生活,一切由你做主。还有一件更重要的事——要学会建立自己的人脉,建立自己的关系网,提高自己与别人沟通的能力。人际关系一直是很值得重视的环节,但有时并不如我们所愿。没有人一出生就会做得很好,有可能你和陌生人接触得少,没有找到谈话的技巧,慢慢来,相信自己,总结经验教训,可以做得很好的。待人关键就是要真诚,真诚是很重要的。"

🌐 艰辛创业

大学刚毕业时,金纯骏没有一点兴奋之情,反而内心充满矛盾:是遵从自己的内心留在宁波找工作,还是听从父母的安排直接回家里的企业帮忙?他反复思量,犹豫不决。在他看来,宁波各方面发展都很好,留在这里有比较多的机会,他想拥有自己的事业,所以想自己在宁波找工作,趁着年轻闯一闯。但他的这个想法却遭到了父母的极力反对,因为他是家中的独子,在他大学求学的四年中,每年都只能在寒暑假的时候与家人团聚,这种聚少离多的生活使得父母很想念他,加之也不放心他一个人在宁波闯荡,因此父母坚决不同意他的想法,一直劝他回家。考虑到父母亲情,最终金纯骏妥协了。但回到家中的他并没有放弃自己的梦想,他说:"如果当初我回来后的情况很糟糕,可能我还会去追寻我的梦想。人生规划就是一把尺子,一直在衡量理想和现实的差距,一直在提醒你人生是否偏离了轨迹。这就是理想与规划的作用。"在家中企业经过一段时期的历练后,金纯骏创办了自己的公司——宁波瑞铭顺源有限公司,并很快从慈溪扩展到了宁波,实现了他大学毕业时留在宁波的心愿。

瑞铭顺源公司

　　现在，金纯骏的公司历经六七年的发展壮大，早已步入成熟阶段，拥有了合作关系良好的商业伙伴。"行是知之始，知是行之成。"他说，想要打入一个圈子，光有理论知识是不够的，实践经验比书本知识更为重要。在一个行业从陌生到熟悉，得自己脚踏实地地去探索去寻找。懂得交际，懂得为人处事，才是长久之计。现在，作为总经理的他，也是每天朝九晚五按时上下班，处理好公司事务，他说现在的生活与以前最大的不同是，当你坐到一个能被人信任的位置时，才有人听从你的安排。经商首先要学会管理，有人服从，团队合作才会发挥最大的效应。起初进入这个行业可能会被排挤或者被轻视，要证明自己就要做出点成绩。

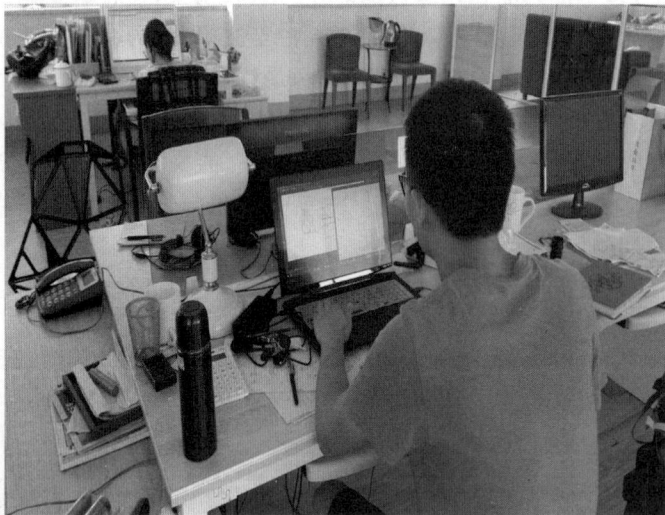

工作中

　　对于公司的未来，他也自信满满，他说既然能把公司从慈溪扩张到宁波，就能到其他城市设厂。公司现在的主要产品是五金制品，也是宁波大多数外贸企业所经营的产品，为了顺应时代的发展，公司计划多样化生产，增加产品的种类，出口到更多的国家。这几年公司在宁波的发展已经走上正轨，扩大生产可以增加收益，慢慢摸索更多的商业模式，可以寻求更多的商业机遇。他们的运营模式一般是在网上交单，与国外客户通过信函沟通，他们现在想要创新出口模式，与更多的国家建立商业往来。

🌐 学长寄语

　　四年的光阴似乎很长,但其实只是弹指一挥间。很多人初入大学时都会觉得四年是一段漫长的时光,总以为还有充足的时间来实现自己的学习目标;可等到走出校门的那一刻,才惊觉原来光阴似箭,岁月如梭,自己已经失去了这一段大好的学习时光。也许高中时老师曾经反复叮咛:"努力吧,考上大学就轻松了。"因此,总以为上了大学就不用再努力了。可我认为,那只是老师们善意的谎言,只为让大家望梅止渴、发愤图强。不管你大学毕业后选择去工作还是深造,请务必珍惜大学的时光,努力学习、勇敢尝试,让自己在大学中成长,因为等到离开大学,再也没有一个地方能如此宽容地等待你的成长。作为学长,希望学弟学妹们在大学中,学好知识,发展兴趣爱好,善待他人,坦然面对挫折和失败,找到属于自己的爱情,强化本领,因为这些,就是你的成长。在我们成长的道路上,总是需要做出各种各样的决策,当涉及重要事情和人生的关键节点时,请务必深思熟虑、大胆决策,切忌犹豫不决、随意更改。这些对于你的成长和未来,都是有益的,它们将会帮助你在认清自己的路上前进一大步。

🌐 采访后记

　　采访结束了,我们却还沉浸其中,意犹未尽。通过与金纯骏学长的一番交谈,我们有着太多的启迪和感悟,愈发地体会到了学校与社会的差异。虽说大学就像一个小社会,但毕竟比社会单纯宽容了许多。对于即将踏出校门的我们来说,如何更好地走进社会、适应社会并真正地融入社会,是我们需要思考、需要解决的问题。金纯骏学长也告诫我们,没有必要仅仅为了适应社会而隐匿了自己的棱角,年轻人碰碰钉子是有好处的。的确,"不登高山,不知天之高也;不临深溪,不知地之厚也",从别人那里听到的经验始终不可能有自己亲身经历过而获得的经验那么真切。自己碰过的钉子,对于今后人生的积累与沉淀,必将有着更加非凡的意义。这次访谈时间虽然不长,但却使我们受益良多。

徜徉书海 享受人生

——访宁波联迪国际贸易有限公司总经理助理乐居易

文/图：叶柯敏　姚彦琦
指导老师：王传宝

　　乐居易，浙江大学宁波理工学院国际经济与贸易专业2012届毕业生，现任宁波联迪国际贸易有限公司总经理助理。乐居易毕业后，随即进入宁波联迪国际贸易有限公司（即宁波芬旎服饰有限公司）。四年间，虽然世界经济不景气导致我国进出口总量处于下滑态势，但乐居易凭借100%完成客户要求的态度，为客户提供细致耐心的订单跟踪服务，及时发现问题、处理问题，给予对方满意的答复，得到了外国商人的一致好评，也成为公司的业务骨干。在做好本职工作的同时，她时刻提醒自己不忘看书充电，生活虽有眼前的苟且，也不能忘记诗和远方。

🌐 初识在雨天

　　那是一个暴雨天，我们与乐居易学姐相约在鄞州区图书馆见面。早上十点，早早从镇海区出发的居易学姐如约来到图书馆。匆匆走进图书馆的我们，在右侧走廊边遇见乐居易学姐，身着一袭白裙的她看上去十分青春靓丽，流露出知性的气质，手里捧的是厚厚的一叠书，浅浅地对我们一笑。随着一番寒暄，我们便坐到了窗边的沙发椅上开始了访谈。性格开朗的学姐在访谈中没有丝毫拘束，针对我们准备的访谈题目也给出了一番见解。随着了解的逐渐深入，一位对工作一丝不苟、干练豁达的外贸业务骨干，渐渐从当年懵懂稚嫩的毕业生的形象中脱离出来。

采访乐居易（右）

🌐 小白到骨干

谈到现在工作的主要内容，乐居易学姐告诉我们她主要负责与外国客户的对接，包括业务洽谈、细节敲定、联系厂家、寄样确认等整个流程，并实时对客户的订单进行跟踪和推进。我们了解到，宁波联迪国际贸易有限公司主要从事服装出口业务，作为公司对外的联系窗口，乐居易的任务不可谓不重，从和客户敲定合同的那一刻起，生产、货运的倒计时也就开始了。同时作为负责人的乐居易便开始了下一个环节——监督生产。她第一时间将样衣空运给对方进行确认，争分夺秒的态度赢得了外

乐居易的办公桌

国客户的信赖,紧接着待对方确认信息送达,大货生产就紧锣密鼓地开展了。

　　提到工作中遇到的困难,乐居易学姐笑了笑说:"我享受遇到的困难,困难让我在工作、实践中不断地学习、成长!"乐居易提到,这份工作以实际操作为主,有着较强的新鲜感,经常要与外国客户进行交流。可能在最初进入这个行业的时候,会发觉对业务的上手比较难,因为货期不定,还要与不同国家的客户展开价格上的拉锯战,直至最终敲定,这是心理与口才上的双重磨炼。

与同事集体出游

　　外贸工作可能是大部分国际贸易专业的学生毕业后的就业方向。乐居易学姐提醒我们,在工作中要多注意和客户的沟通,在客户提供样品、提出一系列要求之后一定要弄清楚细节。在与客户的交流中一定要灵活应变,上司或许会通过自己的关系或者客户群为你介绍资源,但是客户交给你后,能否得到订单并将其做大,是否可以为企业带来更多的利润都将取决于个人和客户的沟通。说到这里乐居易学姐再次强调了沟通的重要性。

　　谈到这份工作,乐居易说,因为从事的是服装出口的行业,会有淡季和旺季之分,空余的时间也会安排自己出去旅游放松一下,以便用更好的精神面貌迎接后面的挑战。外贸工作相对创业来说是比较稳定的,即使近年来外贸行业形势不容乐观。提到个人薪资的问题,乐居易告诉我们,关键还是要看自己的能力,即使大环境不够理想,但能够为公司赢利更多的人,自然也就能获得与自己工作能力相匹配的报酬。

🌐 红楼梦中人

离开校园之后，所面对的职场生活和社会环境会更加复杂，作为一个社会人，自然也是要承受更多生活和工作的压力。然而缓解和释放这些压力自然就要说到爱好了。因为与乐居易见面的地点是鄞州区图书馆，看到她怀中抱着的一叠书，我们也不禁猜想她大概十分喜爱阅读。果然，乐居易学姐说今天借了几本诗集。她说："读书是一种享受，是享受人生的一种方式。"

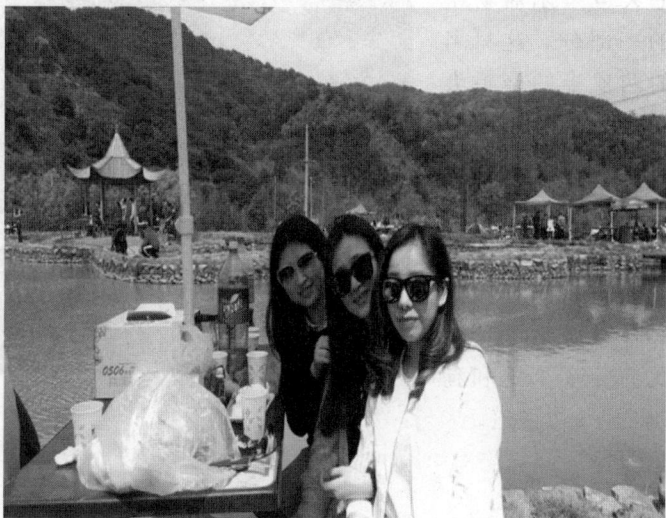

假期与好友一聚

她告诉我们，她在空闲时间很喜欢打羽毛球，同时也很喜欢跳拉丁舞。但是最喜欢的还是读书，喜欢《道德经》，最喜欢读的一部经典是《红楼梦》。谈起最喜欢《红楼梦》的原因，还是要说到她喜欢的诗词。"因为我很喜欢诗词，而这里面的诗词都很好。"乐居易谈起自己最喜欢的文字更是滔滔不绝，在《红楼梦》中她最喜欢的一段诗词是"霁月难逢，彩云易散。心比天高，身为下贱。风流灵巧招人怨。寿夭多因毁谤生，多情公子空牵念"。这一段是《红楼梦》中对晴雯的判词。我们没有猜到开朗大方的乐居易学姐最喜欢的是书中这样一个角色。"晴雯，贾宝玉身边最重要的丫鬟之一，是一个所谓'风流灵巧招人怨'，喜怒哀乐都坦露在行动中、毫无矫饰、性格倔强的姑娘。她反对别人的奴性，反对别人奴视自己，自己不肯以奴才自居。她不仅性情耿直，而且心灵手巧。她不畏封建统治的压迫，同时她也不屑于用一些小手段来达到目的，但这些优点最后却成了诽谤者的工具。后来她被听信了谗言的王夫人撵出大观园，郁郁而终，只空留下宝玉情感真挚的《芙蓉女儿诔》。"

🌐 爱狗爱生活

　　除了阅读之外，一只温和可爱的金毛犬也是乐居易生活中重要的一部分。这只名叫 Lucky 的两岁半的金毛犬和乐居易在一起的时候十分活泼好动，聊到 Lucky 的时候可以看出乐居易对它的喜爱溢于言表。"给它取名叫 Lucky，也是希望它能够给自己和家人都带来好运吧！"学姐一边给我们分享了她和狗狗在一起的照片一边说道。

乐居易与 Lucky

🌐 学姐寄语

　　学习英语。四年大学生活，可以选择宅在寝室，也可以选择让自己更优秀。对国贸学子来说，学好英语将是一生的财富。

　　增长见识。读万卷书，行万里路，与万人谈都可以帮助我们增长见知。读书不必多说，求知求智，意大利作家卡尔维诺曾说，"经典作品帮助我们理解我们是谁和我们所到达的位置"；旅行让我们饱览沿途风光，开阔眼界，了解文化碰撞，构建世界观；交流则给予我们多角度思考的机会，理解社会层次。

　　筑梦未来。我们与心中向往的职业之间的距离如同一个个同心圆，一环套一环，我们在众多同心圆之外，梦想职业则在圆心，这一个个同心圆如同高墙一般将我们阻隔在外。而实习就像是一把把钥匙打开一扇扇门，让我们走过这一层层高墙,因此选择优秀的实习工作就如同捷径一般让大学生逐渐接近心仪的工作,直至毕业,优秀的实习经历将让人脱颖而出。

采访后记

与乐居易浅谈两个小时,虽说短暂的接触并不能完全了解一个人,但也就在这两个小时的时间里,一个热爱工作、积极生活、享受人生,甚至可以说是生活在诗情画意中的女孩子的模样展现在我们面前。我们作为即将升入大三的国贸学子,在人生规划略有些迷茫的年纪能与这样一位乐观开朗、积极向上、爱好广泛的学姐进行交流,完全可以说是为我们接下来的大学生活、就业方向甚至是人生规划点亮了一盏指路明灯。乐居易的语言很富有感染力和说服力,也许这就是她多年来一直保有读书读诗习惯的积累吧。乐居易学姐特别让我们欣赏的一点是她对人生有一种积极且淡然的态度——读书不是一种任务,而是一种享受;工作不只是为了赚钱,无形中也是一种能力的积累和个人成长的过程。

在二十几岁的年纪能有如此通透的人生观和价值观,相信乐居易可以在接下来的人生道路上走得更好。

严以律己,宽以待人

——访宁波爱柯照明股份有限公司销售员陆天健

文/图:王凌丽　程佳旎

指导老师:王传宝

　　陆天健,浙江大学宁波理工学院国际经济与贸易专业2013届毕业生,现为宁波爱柯照明股份有限公司销售员。陆天健就读的是国际经济与贸易专业的2＋2中美合作班,在结束两年的国内专业学习之后,陆天健赴美学习两年,继续完成学业。随后,陆天健并没有留在美国继续深造,而是选择回国申请诺丁汉大学的研究生。研究生毕业后,进入宁波爱柯照明股份有限公司工作,主要从事LED室内照明和商业照明的销售工作,主要销售市场是欧美市场。

初识印象

　　最先接触陆天健学长是在一个宁理毕业生微信群里,当时我们正在询问有没有哪位学长有空可以给我们做一个暑期采访。陆天健学长是最早回复我们的人之一,并且在简单地询问我们要采访哪些内容后,就很爽快地答应了。这让我们感到很惊喜。他当时回复我们的一句话让人印象很深刻:"母校的学弟学妹们嘛,力所能及之内帮个小忙,这不是应该的嘛。"就是从这句话中,我们感受到陆天健学长应该是一个乐于助人、为他人着想的人。果不其然,在后来安排采访行程的时候,陆天健学长不仅以我们方便的时间为先,甚至考虑到我们交通不便,主动提出将采访地点定在学校的一家咖啡馆里。

　　采访开始后,陆天健学长给我们的感觉和之前一样,是一个温和之中带着点幽默的人。陆天健学长从事销售行业,但在整个采访中,他并没有一直侃侃而谈以显示自己卓越的销售能力。他更注重的是与我们之间的交流。或者说,我们之间的谈话,他不仅仅看作是一次单纯的采访,而更多的是希望通过这次访谈,能够分享他的经历和经验,能够给我们这些学弟学妹们一些建议,让我们能有所感悟。

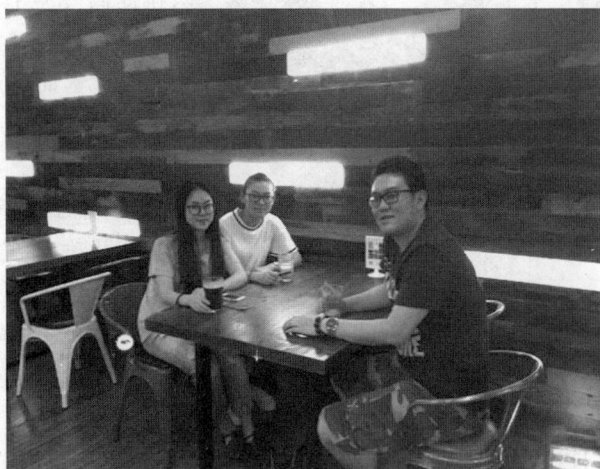

本文作者与陆天健(右一)合影

读万卷书

正值青春年华的青年应当尽早树立自己的奋斗目标。有了人生目标就好比大海中的帆船看到了引航的灯塔,指引着它扬帆起航,驶向远方的港口。

陆天健学长和那些只想着在大学里混日子的人不同,他在大学里用高标准要求着自己。在大学里,陆天

生活中

健读的是 2＋2 中美合作班——两年在国内读，两年在美国读。通过采访，陆天健学长也向我们分享了一些在大学里的学习心得。首先，要充分利用在校学习时间，去不断地夯实专业基础知识和提高专业技能，要去学、去钻、去精益求精。就像孔子所说的："学而不思则罔，思而不学则殆。"一定要把学习和思考结合在一起，这样的学习，才能学到精髓。其次，我们也要勤动手，培养我们的动手能力。再次，我们还要广泛

旅游中

涉猎各方面知识，关注行业动态（我们经济类的学生应该多关注国内外政策的变动和经济发展状况），确定自己的研究方向，提高自己的综合业务素质和专业竞争实力等，不断拓展自己的优势和成功渠道。

陆天健学长还重点提到，在全球化的今天，我们每天都要面对着日新月异的变化，一波又一波的技术浪潮，所以，英语的重要性不言而喻。而对于我们

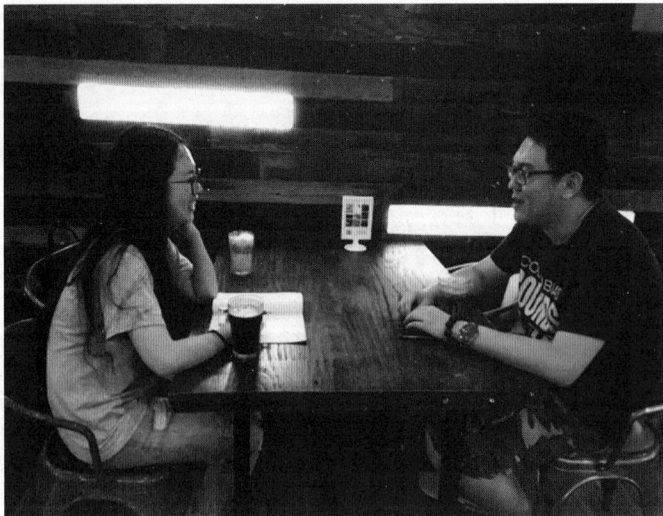
采访陆天健（右）

国贸专业的学生来说,英语就显得格外重要。陆天健学长在国内的两年学习中,非常注重英语的学习。他不仅重视英语课的学习,从不缺席任何一堂英语课,还在校外报了雅思、托福班,并且取得了优异的成绩。

当我们问起他在国内的两年学习与国外的两年有什么不同时,陆天健学长深有感触地向我们说道:"国外的教育和国内确实有很大的不同,国外大学'宽进'的制度满足了更多人读大学的梦想,有助于各类学校招收合适的学生,每个学生都可以到合适的学校去学习,不同学校采取不同的招生方法、录取标准,便于学生多样化的选择。而'严出'可确保高等教育的质量,更能约束学生,给学生以压力和动力。国外高校的学生是靠制度管理,而不是靠辅导员、班主任管理,其中淘汰制发挥了很大作用,保证了学生毕业离校能真正成才。而且,国外大学更注重学生能力的培养,在课堂上也更加倾向于与学生的互动。学校组织各种类型的讨论课很能调动学生参与的积极性,启发学生独立思考,深入钻研,同时也可以相互学习交流。各种学生俱乐部活动内容丰富多彩,有利于个人兴趣爱好的发展。各种学术讲座繁多,大都是美国学术界知名人士的报告,拓宽了学生的视野。还有一点,就是美国大学对教师水平或业绩进行评估时,非常重视学生的反馈意见。另外很重要的一点是,国外有更宽阔的视野和平台。国际化的教育可以培养具备国际沟通能力的人才。随着科技的发展,世界变得越来越小,国际交流越来越频繁,所以如果想在未来的国际竞争中取胜,我们必须要具有国际化视野和思维。在国外上大学就有助于我们实现这一目的。国外的多元文化的氛围比较浓郁,而且国外的各个学校都有相当比例的国际生,所以对于学生了解世界各国的文化是一个很好的平台。"

行万里路

在结束四年的大学学习及一年的研究生学习后,陆天健进入宁波爱柯照明股份有限公司,开启了他的职业生涯。陆天健从事的是外贸行业,主要市场在欧美,这对于刚刚踏出校园走向社会的陆天健而言是一个不小的挑战。然而,陆天健从来不是一个惧怕挑战的人,凭借在学校里打下的扎实的专业基础以及出色的外语能力,陆天健迅速在欧美打开市场,没过多久就拿到了他的第一笔订单。但是,在感受胜利带来的喜悦的同时,陆天健也深深地意识到了自己的不足,那就是人脉。对销售人员来说,人脉无疑是最重要的财富之一。人脉就是机会，人脉越丰富也就意味着发光的机会越多。陆天健提到，如今在校学习的我们，交际圈仅限于亲人、同学和朋友等，非常小，对自己今后职业生涯的发展是非常不利的。所以，我们应该从现在起，就注意培养自己为人处世的方法，经营并维护好自己的人脉资源。

同事聚餐

同事交流

　　谈到工作时，陆天健向我们分享了他和同事之间相处的一些心得。陆天健认为，在我们的工作环境里，建立良好的人际关系，得到大家的尊重，无疑对自己的发展有着极大的帮助，而且有一个愉快的工作氛围，可以使我们忘记工作的单调和疲倦。所以，如何与同事相处就显得尤为重要。陆天健说，他一直以来信奉的原则就是"严以律己，宽以待人"。在与同事相处上，多一点宽容，多为他人着想，这能帮我们避免很多不必要的矛盾。同时，要以严格的标准来要求自己，使自己少犯错误，这不仅能减少给他人带去的麻烦，也可以提升自己的能力，使自己的工作完成得更加出色。

🌐 学长寄语

　　最后我们请陆天健学长给我们这些还在校的学弟学妹们一些建议和忠告。他稍微思索了一下，给了我们以下四点建议：第一，大学以学习为主。"一分耕耘，一分收获。"陆天健强调在大学里要自主学习并持之以恒，很多同学刚开始时可能对学习有着满腔热情，然而，随着时间的推移，热情便逐渐消逝。只有怀着一颗恒心去学习并勤于思考，才能取得长足的进步，学习来不得半点虚假。第二，规划好自己的生活。当你步入大学的那一刻，你就要考虑你上大学的目的以及将来你要如何度过这四年的大学时光。康德说过："没有目标而生活,恰如没有罗盘而航行。"在大学中有很多学生,正是因为没有目标而浪费了自己的大好青春。所以大学开始,就要制订自己的人生目标。一个崇高的目标,只要矢志不渝地追求,就会成为壮举。第三,加入社团时慎重考虑。刚刚进入大学的学生会面临各种各样的社团。陆天健建议参加社团最好不要超过两个,太多的社团只会浪费你的时间和精力,不如根据自己的兴趣报一到两个社团,认真从这些社团中学点有用的东西。第四,学会和他人沟通。大学是一个多元化的学习环境,在大学中要积极和他人沟通,不可将自己封闭起来,列夫·托尔斯泰的名言"与人交谈一次,往往比多年闭门劳作更能启发心智",正是强调与人沟通的重要性。

工作环境

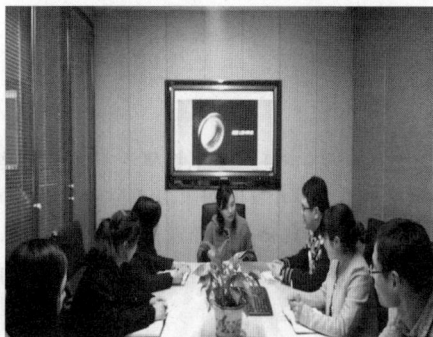

与同事开会

🌐 采访后记

通过这次采访,陆天健学长的经历和经验给了我们很大的感触。其中最重要的感悟有两点:一是要重视知识的积累,要善于从前人的经验中汲取知识。二是要重视实践的作用,因为最重要、最可靠、最有价值的是自己在实践中所获得的知识和技能。实践是最能锻炼人的,它能培养你的技能,拓宽你的知识,增长你的勇气。不论结果成功与否,所获得的体会和阅历将是你一生受用不尽的财富。

知与行
——访浙江联辉进出口有限公司外贸业务员王华壮

文图：王莉星　应跨　庞嘉锐
指导老师：王传宝

　　王华壮，浙江大学宁波理工学院国际经济与贸易专业2014届毕业生，现为浙江联辉进出口有限公司外贸业务员。王华壮学长给我们的第一印象是热心并且实在，而随着交流的深入，我们发现他身上蕴藏着更多的闪光点。他认为知与行对一个人的发展很重要，无论是在校内还是在职场。他的个人经历给了我们很好的学习启示。

求真知于校园

　　在采访过程中，王华壮学长和我们分享了一些宝贵的校园生活经验。他讲述了他在大学期间的一些经历，体现出在大学期间就打下坚实基础的重要性。他还谈到他在大学期间的一些遗憾，他说他未能在大学期间考取各类证书，导致他现在不能进一步发展自己，为此深感遗憾。他谈到这一点时劝诫我们要在大

采访王华壮（左）

学期间好好把握机会，不要让他的这些遗憾发生在我们身上。从他的这些感人肺腑的言语之中，我们似乎看到他对我们的殷切希望。他强调的一个重点是养成自主学习、终身学习的好习惯。他对此给出的理由是，我们在大学期间学习了很多学习方法，我们要用这些方法去快速高效地学习很多我们要掌握的东西。因此，毕业后就不用学习的观念是错误的，不科学的，不可取的。他还谈到他在大学毕业后最不适应的是创造力的匮乏和常识性知识掌握的有限。他还建议我们在大学期间要多关心留意一些实际的、专业相关的比赛，要尽全力去参与这些比赛。这是提高自己的创造力的方法之一。

另外，王华壮学长特别强调，对国贸专业学生来说，英语学习尤为重要。当前形势下，英语是国际通用语言之一。进入大学之后，升学压力消失，大一新生有各式各样的校内、校外活动，大学英文虽为必修，但不受约束，学生学习不认真，其英语能力不升反降。但当学生升到大三、大四时，发觉英语在未来就业上的重要性，却不知从何改进。要想提高英语学习效率，必须从心理因素和环境因素着手。学习动机是激励学习者努力学习从而达到一定目标的内在动因，学习兴趣和意志力则是激发学习动机的重要手段和有力保证。而一个良好的英语环境，如英语角，会对学习者产生潜移默化的影响，给学习者一种无形的动力，学习效率亦会随之大大提高。

在关于大四寻找工作方面，王华壮学长告诉我们，国贸专业的就业前景比较乐观。在经济全球化的浪潮中，国际贸易是一个正在蓬勃发展的领域。在大学中努力加强自身能力，有一门技术傍身，以后自然好找工作。

畅行于职场

2014 年大学毕业之后，王华壮学长迅速度过了最初的懵懂期，如今已成为浙江联辉进出口有限公司的一名专业的业务员，业务能力出色的他深受领导的赏识。而当年初入职场的他，却也经受了不小的挫折和磨炼。在王华壮学长眼中，实践能力在职场中必不可少。虽然大学的学习的确让我们对国际贸易知识有了基础的认识，对国际贸易的产生和发展有了较为全面的了解，但是实践知识的缺乏却依旧致命。在谈话中，学长一直强调实践的重要性。实践能力在书本上学不到，只能通过自身的体验获得。因此实践能力的培养不能只依靠学校的安排，更需要自主地去找机会进行实践活动。学长在大学时是班委，这使他锻炼了交际能力和组织管理能力。凭借着这些能力，他在工作中

工作中

和同事的关系很融洽,并得到了领导的重视,从而得到了晋升。

学长还提醒我们校园里的招聘会是一个很好的机会,一定要抓住,走校招这一条路,比后期自己找工作要轻松容易得多。许多企业都认为刚出校园的人可塑性更强。

最后,学长告诫我们,交际能力在工作中非常重要,处理人际关系的能力在工作中一直占有举足轻重的分量。曾经在学校里,绝大多数人都是在做相同的事——努力学习、提高成绩,都在扮演相同的角色——学生。但在工作中则相反,工作中每个人的任务和身份都不同,但往往一个任务需要一个团队来完成,团队中的每个人分摊的工作各不相同,每个人都需要付出自己的努力来帮助团队完成任务,只有具有齐心协力的团队意识和不懈努力的奋斗精神,才能敲开成功的大门。这就需要人际交往能力,如果团队内部出现关系危机,那么任务自然就很难完成。由此看来,人际关系的协调能力也是我们需要在学校培养的一大能力。

旅游中

学长寄语

采访即将结束,学长和我们分享了一些感悟和忠告。

首先,学习永远是学生的天职。既然选择进入大学就不要空手回去,充分利用大学里丰富的资源,来充实你的大脑。做一名合格的学生是你大学阶段其他计划的保障,如果陷入了重修的噩梦,那么你就会失去很多平等竞争的机会,这就是校园的生存规律。

参加公司会议

其次,需要准确的自我定位。我们必须对自己有准确的定位,对自己有正确的认识,以及对未来有深入的考虑,这样我们无论在学习上还是生活中都将展现出更加严谨的态度。不因生活环境不适应而产生失望感,不因人际关系不适应而产生孤独感,不因在中学时的优势消失而产生失落感,不因对学校管理制度不适应而产生压抑感。大学教育是一种专业化的教育,他与个体的职业选择、社会对人才的需求紧密相联,与中学教育有很大的不同。大学里,经常会有不少人沉迷于网络,但同时,也有不少人充分利用网络资源,拓展自己的知识。现在我们已经是成年人了,我们应该学会如何承担责任和抵制诱惑,与其面对虚幻的快乐,不如去经历人生真正的骇浪。

第三,积极参与实践,勇于接受挑战。大学是开放的,所以有一点很重要,那就是历练。作为一名大学生,既应该有五彩斑斓的校园生活,也应该投身社会的各种实践。年轻人不甘于平淡的生活,总会有跃跃欲试的激情,那么就大胆地去尝试,不要轻易对自己说"不",不要给自己设羁绊,不要给自己留遗憾,年轻不存在失败!尝试就是一种成功,突破自我就是胜利,积极乐观应是你的正确心态,不要过多地在乎结果,只要你曾经进行过不懈的努力与奋斗,那就是一种收获!

最后,有一点要特别提醒,并不是所有的付出都一定会有好的回报。有些时候你的努力换来的可能只是别人的不解甚至嘲讽。因此要能清楚认识到这点,敢于面对挫折,笑看得与失。

采访后记

与王华壮学长的交流,引发了我们诸多感触。最主要的内容是两点,其一是知识的积累,很多知识我们还没有触及或者只是浅显地涉猎,大学是让我们可以更加深入理解的平台。其二便是实践,无论对知识有多么深的了解,但"纸上得来终觉浅",没有很好的实践,对于实际情况还是没有深入的了解。大学里面,我们要充分利用好课余时间,勇于实践,让自己得到更好的锻炼。不论结果如何,自己努力的成果将是我们一生的财富。

不忘初心，方得始终
——访安信证券芜湖北京中路营业部投资顾问 王易

文/图：汪燕婷　陈卓慧

指导老师：谢京华

　　王易，浙江大学宁波理工学院国际经济与贸易专业 2011 届毕业生，现任安信证券芜湖北京中路营业部投资顾问。王易 2007 年进入浙江大学宁波理工学院求是班，2009 年进入国际经济与贸易专业。大四时，王易进入了国泰君安期货有限公司宁波营业部担任事务助理，留在宁波工作。几年后，鉴于对证券行业的兴趣，王易果断地进入了安信证券，如今担任安信证券芜湖北京中路营业部的投资顾问。王易学姐认为：机会是留给有准备的人的，当你有能力的时候，有把握的时候，成功自然会来。同样，不论是生活，还是工作，你需要勇于直面来自各方的压力，只有直面压力，克服心理上的害怕，才能一步一步冲破压力；只有始终保持初心，才能在更迭变动的社会发展中，有始有终，获得成功。

扬帆起航，青春无悔

　　初见王易学姐，我们就一下子感受到她身上那种积极乐观、充满正能量的特质，似乎还带着一丝少年人的青春朝气，对我们露出灿烂的微笑。王易学姐成长于一个普通而又温馨的三口之家，父亲在国企单位工作，母亲则是一名数学老师。从小，她在父母心中，亲戚眼里，就是一个乖巧懂事、认真努力的孩子。小学、初中、高中，她一直和父母生活在一起。也正因为感受着家庭的温暖，所以无论在之后的求学还是工作中，她一直都无所畏惧，努力拼搏，家庭的支持是她最坚强的后盾。

回忆起四年的本科生活，学姐毫不犹豫地说，大学生活丰富多彩，给她最大帮助的是专业知识的学习和良好的学习习惯的培养。她说，毕业后的工作虽没有和她所学的国贸专业紧密贴合，但本科时优秀的成绩及认真自律的学习习惯给她树立了不少的信心，给如今的工作带来很大的帮助。

激昂青春，演绎精彩

证件照

在大学期间，王易学姐一直担任班长一职，以优秀班级为标准，开展各项团体活动，促进同学间的沟通交流。在她的带领下，班级在学习和各项文体活动中均取得较好成绩。同时她也是一名优秀的党员，积极参与党员工作站的建设活动，丰富自己的大学生活。

在学姐看来，校园生活和步入社会后的生活，还是有很大区别的。学校是一个比较自由、比较轻松的环境，在你做错事的时候，老师能给你一些指导和点评。而社会呢，王易学姐这么说道："工作中你需要直面人生的各种压力，有来自家庭的，感情的，人生目标的。要为生活奔波，也要追求丰富的精神世界。所以工作以后，要学会适应，自己照顾自己，调整心态，不忘初心。"我们暂时还没有接触到社会，但是从学姐那里，我们意识到在社会上比在学校里更加辛苦，我们的确应该更加珍惜在学校的时光，不应该轻易地挥霍大好时光。

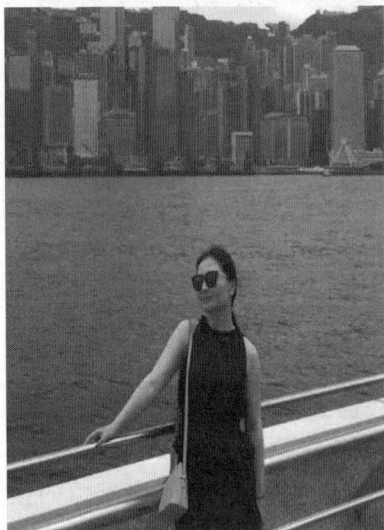

生活中

大四期间，学姐恰巧参加了国泰君安期货有限公司宁波营业部在我校举办的一次活动，受到当时的负责人赞赏，活动结束后就顺利地进入了这家公司实习，担任事务助理。学姐虽然初出茅庐,但是凭借着良好的工作素养、严谨的工作态度和踏实的性格,还是很快地胜任了这份工作,并对自己的职业进行了详细的规划。经过多方面的综合考虑,三年后她回到了自己的家乡——安徽芜湖,应聘了安信证券芜湖北京中路营业部投资顾问一职。

她不认为换工作是一个艰难的抉择,只要是自己仔细思考后认定的,想做的,那就去做吧。了解自己需要什么,才是一个人成长过程中最重要的。对于第二份工作,学姐也有很多感悟与我们分享。在投资顾问这个岗位上,她的职责之一就是回答客户的各类问题,给予他们最合适的建议。最开始的时候,王易学姐内心是紧张忐忑的,很害怕会犯错,但是随着一次次的自我肯定,一次次的加油充电,她的业务水平进步很快。工作中你的努力与否,只与自己有关,学习一定要非常主动,不然只能是被忽视,渐渐失去对工作的热情。和同事相处,尽力给予帮助,分清楚场合说话,尽量想清楚再开口。其实做什么样的工作,只要你自己心里清楚,那么选择就不会太困难,坚持自己的选择就好。

在竞争如此激烈残酷的当下,学姐却依然能以平淡的心看待这一切。已跨入社会五年的她,在被问到对未来的憧憬和规划时回答得很平静。她说:"任何事情都要一步一步来,不管做什么工作,把普通的事情做得比别人好,遇事多动动脑子想一想,绝不机械化做事。多做、多问、多学,还要眼疾手快,一定要相信总有一天自己也能成功。"

学姐告诫我们,工作后,就多了一份责任。工作的压力与挑战要勇敢地接住,勇敢地尝试,心里可能会害怕,但是要相信,压力会变成动力。当她刚进入安信证券的时候,她十分害怕公众演讲,但是公司希望她往讲师方面发展,所以公司每周一次的沙龙活动,就变成了学姐锻炼的机会。

平凡人生,心安自足

当我们问到王易学姐的家庭和生活时,学姐先谈到了自己的父母。父亲一直在国企单位工作,母亲则是一名数学老师,谈及此,学姐也直言自己蛮喜爱数学这一门课程。而后,学姐告诉我们,她的高中就读于合肥一中,学校的整体教育水平还是不错的。考虑到浙江省内的教学水平,且宁理拥有浙大的强大师资,于是选择进入浙江大学宁波理工学院就读。在大一期间,学姐进入了广播台,并没有参加其他的社团或部门活动。大学生活主要还是围绕学习开展的。在大学期间，学姐是比较有主见的，她了解自己的弱势与优势，懂得掌握自己的时间，虽然偶尔也有贪玩的时刻，或者是叛逆心理。在大学里，压力会有的，迷惘也会有的，这些时候或许直面人生，坦然面对，生活会更加快乐。

谈及业余爱好，学姐坦言自己热爱旅行，享受从每一段旅行中体会"岁月静好"。她觉得自己生活或者工作中值得赞赏的一点在于：她始终保持乐观积极的心态，保持着自己的那一颗初心，方得如今安逸的生活。

学姐回忆起大学时期，她说如果真的有什么需要反思的，那就是如果重来一次，她会在大学里更加努力地学习，更加用功地掌握基本的知识，丰富自己的认知海洋。

大学不单单是认识朋友的地方，更是学习如何在社会上生存的最好机会，充分利用大学的时间，认真地上好每一堂课，掌握专业知识，提升认知能力，掌握实践动手能力。大学的生活更像是进入社会之前的

旅游中

一段实习，总要学会选择，学会判断，总要有那么一个目标，然后为着目标而不断努力。

不知不觉，一个半小时就过去了，我们总觉得还有很多问题想和学姐探讨，但愉悦的时光总是过得很快。最后，王易学姐对我们说："有时候你会迷茫，有时候你会颓丧，但不要灰心。成功有的时候不是衡量一个人的人生的唯一标准，有意义，活得精彩，才是生命的真谛。"换一句话说，让人生精彩的办法是活出你自己，活出你自己的办法是只做你自己认为有意义的事情。

了解自己,定位人生

——访湖州市双林镇第二中学教师吴欢欢

文/图:许文婷　朱超
指导老师:谢京华

　　吴欢欢,浙江大学宁波理工学院国际经济与贸易专业2015届毕业生,现为湖州市双林镇第二中学的一名科学代课老师。2015年大学毕业之后,吴欢欢在湖州华凯国际货运代理有限公司工作,不久便辞去工作报考中学教师招聘考试,随后成为湖州市双林镇第二中学的科学代课老师。吴欢欢认为,面对生活中的很多事都需要很大的勇气,特别是对于换掉原本不错的工作这件事,她觉得是明确了自己对于生活的追求,自然而然就充满了勇气。其实每一份工作都有它特有的困难与挑战,关键还是要确定好自己的定位,只有自己选好方向并且一直坚持下去,才会有成果。

🌐 初入校园,气质初显

　　因为工作的原因,与吴欢欢学姐见面的地方是她目前所在的湖州市双林镇第二中学,只见她梳着高高的马尾,带着黑框眼镜,一身简单的着装,站在校门口迎接我们。她一开口,语气很和蔼,这让我们备感亲切。她带着我们走进她的办公室,只见她的办公桌上整齐地摆放着一些试卷和几

帮学生解决问题

本书,看得出她是个爱干净的人。

坐定之后,我们的采访正式开始了。清晨同学们晨跑的身影,食堂里排队打饭的拥挤场景,还有夜晚舍友们的卧谈,这些校园里的场景引起我们的共鸣。当我们说起理工的变化时,学姐也流露出了羡慕的神情,说也想回去看看母校,看看那里的花草,住过的宿舍,走过的每一条路。她告诉我们,大学期间她就是个乖巧普通的大学生,踏踏实实地做事情,认认真真地过着大学生活,所以大学生活对她来说只有两个字——平淡。唯一不平淡的事就是做家教,她回忆起这段经历时,不由自主地笑了。家教是一个考验耐心、表达能力、知识积累的工作。对待学生极其需要耐心,你必须耐心地告诉她知识点,也要耐心地听她描述她的问题。去做家教的前一天晚上,必须备好课,有时候还要认真琢磨怎么样才能让学生更好地理解这些知识。她的这些经历都让我们感觉到她是个认真、务实、有耐心的人。

敢于放弃,终获所适

大学毕业之后,吴欢欢换过一次工作。第一份工作是一份与专业对口的工作,是在湖州华凯国际货运代理有限公司。第二份工作就是目前的湖州市双林镇第二中学科学代课老师。一个人要放弃原来的一份不错的工作是需要很大的勇气的。吴欢欢告诉我们,之所以有勇气辞去第一份与专业对口的工作,是因为在工作之后慢慢地了解到自己适合什么样的工作环境,了解到自己的能力和专长更适合在什么地方发挥。她说,第一份工作对自己的能力要求很高,压力又很大,而且很多挫折、困难会随时出现,感觉自己有点力不从心。正因为第一份工作不适合自己,自己才确定要重新选择。明确自己的追求后,便坚定了要从事教师这个职业的决心。吴欢欢笑着告诉我们,她挺喜欢跟孩子们在一起的感觉,教授他们知识,和他们成为朋友,虽然有时候会觉得累,但是这毕竟是一份自己热爱的工作,一定会坚持下去。采访中正好有学生来请教问题,只见她一遍遍认真地教学生,直到学生完全理解,她才继续接受我们的采访。她不怕麻烦,她只希望她的学生能够在她的教育下更好地理解这些知识点。

她说,一开始选择国贸专业,一方面是觉得这个专业很热门,另一方面多多少少也遵照了家长的意愿,是不是真的适合自己也没有考虑到。她认为,选择一份工作不仅要看专业是否对口,还要了解这份工作是否适合自己。其实可以选择的职业有很多，没有必要把自己框定在一类职业上，人生本来就是有无数种可能的，就看你如何去选择了。但是选择适合自己的工作，并不意味着随意地更换工作。从事每一份工作都有艰辛与挑战，每一份工作也不是投入就会有回报的。关键是你一旦选择了一份适合自己的工作，就要坚持下去，认真地对待这份工作。

与学生们一起野炊

吴欢欢还指出，现在的大学生普遍都有一个问题。很多同学认为读书对以后在社会上立足的作用不大，学习的激情不高。而且因为大学里生活自由，存在许多诱惑，有的同学沉迷于游戏，有的同学被眼前利益吸引，还有的同学贪图享受，这些都是不珍惜学习机会的表现。

当谈到是否有自己创业的想法时，吴欢欢说，创业的想法当然是有的。只是创业说说简单，背后的辛苦只有创业者自己知道，而且以她现在的实力还不足以构成自己创业的条件。她说目前就是踏踏实实地工作，等过几年自己有了一定的积蓄和不错的创业机会，一定会把握机会尝试着去奋斗一番，让自己的人生不要留有遗憾。

多做少怨，平安喜乐

聊起自己的生活兴趣时，吴欢欢自嘲道，其实自己在生活中是很普通的，喜欢看电视和旅游。的确，生活中的吴欢欢其实没有什么特别的兴趣爱好，一天的辛苦工作让她更享受下班后回到家窝在沙发里看电视剧的乐趣。有时间有机会的话，吴欢欢会跟朋友一起去旅游，看看外面的世界，感受外面世界的奇妙。说到这里，她还特地打开手机给我们看了一些旅游的照片，向我们讲述了旅游当中发生的一些趣事。在她看来，她的生活虽然平淡但很幸福。

对于生活的态度，吴欢欢认为要多尝试，少抱怨，勇敢地面对生活中出现的意外，要学会发现生活中的美，享受平淡生活的乐趣。吴欢欢谈到生活与学习时，认为两者是密不可分的。尽管人已经离开校园，但是还保持着一颗热爱学习的心。吴欢欢特别提到，迈入社会的大门后，才会发现：你目前所拥有的知识配不上你的野心，你必须要不断地跟着社会前进的脚步去更新你的知识。她说，选择教师这一职业就必须接受更多与教师这一职业有关的知识，这样的生活辛苦却又充实。

旅游中

吴欢欢对教师的责任的理解是：教学工作，认真负责。上课前不仅要认真备课，还要仔细地去了解自己的学生，知道学生掌握知识的程度和水平，以便在教学中有的放矢地开展教学工作。课堂上在讲课的同时还要注意去观察学生，随时掌握学生的心理动态、行为动态，根据他们所表现出来的问题及时调整教学方法和教学过程，满足不同层次的学生获取知识的渴望和要求。上完课还不是结束，不仅要及时对课堂教学效果进行评价和反思，还应该及时和学生进行有效的交流、沟通，这样不但可以随时掌握学生的学习情况，还能够促进他们的学习兴趣。

只有真心爱自己的学生，才能更加喜爱这份工作，也才能觉得这份职业是快乐的。

学姐寄语

吴欢欢想对学弟学妹们，尤其是大三、大四的学弟学妹们说，在大学的四年时光里，除了尽情地享受美好的大学生活，还要花时间去思考一下毕业以后打算从事的方向，更多地去接触一些实习单位，这样在毕业的时候才能够更有方向。生活本来就是要勇于不断地尝试。

我们大一的时候，学校要求我们每个人写一份职业生涯规划，开始我们可能认为很简单，因为我们知道自己想要什么，要怎么努力。但真正面对这张纸的时候却突然觉得自己的理想是海市蜃楼，连怎样去实现都不知道。但是还是要学着去做规划，规划是一把尺子，衡量理想和现实的差距，提醒你自己是不是偏离了轨迹。这就是规划的作用。

学姐以自己的经验告诉大家，找份适合自己的工作不容易，社会的竞争是很激烈的，在大学里面要多学习专业知识，多看一些有益的书来更好地充实自己。与此同时，在大学里可以适当地锻炼自己的交际能力，让自己的大学生活变得丰富多彩，也为未来的人生打好坚实的基础。

采访后记

在交谈中，我们能感受到学姐为人真诚，她认真地回答了我们提出的每一个问题，讲述她毕业之后经历的事情和她发自内心的一些感悟；她为人和蔼可亲,与她交谈就好像是在跟朋友聊天一样,轻松自在;她为人果敢,从她的经历中我们感受到了她内心强大的小宇宙。

她的经历告诉我们,在大学四年的美好时光里,我们要学习用一种积极向上的态度来对待生活、学习、工作。因为毕业后从事的职业可能与你的专业完全不对口,那么对任何事都保持一种积极向上的态度就尤为重要。另外,一定要在大学期间为自己今后的职业生涯做一个规划。的确,当今社会,大学生数不胜数,当中不乏一毕业就小有成就的人才,但更多的人在毕业之后还有些迷茫。迷茫不可怕,只要有勇气去冲破这层迷雾找到自己的方向,明确自己的追求并坚持下去,普通人身上也有闪光点。

行动,为思想者正名
——访绍兴市拜威贸易有限公司总经理刘超波

文/图:张博　陈晴
指导老师:张跃

　　刘超波,浙江大学宁波理工学院国际经济与贸易专业2011届毕业生,现任绍兴市拜威贸易有限公司总经理。刘超波从大三开始在外贸公司实习,先后有过三份工作,工作地点从宁波到深圳,终于在2015年8月回到了家乡上虞,并创办了属于自己的公司——绍兴市拜威贸易有限公司。尽管是一个起步不久的公司,其流水已达到90多万元。刘超波认为,每个人都应该让自己成为一个独立的个体,自尊自信,有了想法就去做,大胆地去实践,不要整天想结果,而是要想怎么做才能做好。任何想法,只有将它付诸实际行动,才是有意义、有价值的。

🌐 初识印象

　　第一眼见到刘超波学长时,我们并未将他与即将要采访的对象联系起来,他看起来十分年轻,行走在大学的校园里就仿佛一个普通的大学生。直到学长走到我们面前,试探性地叫出我们的名字,我们才确定,眼前这个看起来十分亲切、随和的人,就是我们即将要采访的对象——刘超波。随着采访的深入,刘超波身上的闪光点也逐渐从他的言谈举止中展现出来,无论是他对于采访问题的娓娓而谈,还是他一步步走向成功所付出的努力,都让人感到由衷的敬佩。

一步一个脚印

在成立自己的公司之前,刘超波有过三份工作,在这三份工作中,他不断提升,也不断沉淀,提升的是自己的能力、眼光和口才,沉淀的是一种冷静的性格和人生的阅历。常言道:机会总是留给有准备的人。这句话在刘超波身上得到了很好的印证。他的第一份实习是从大三开始的,在许多同学都还沉迷于安逸的大学生活时,他已经开始为自己的未来做准备,试着将自己投身于社会了。刘超波的第一份实习立足于自己的专业,他选择了外贸行业。这份实习一直持续到了大四,大四时在一场招聘会中,他选择了自己的第二份实习。

在大学的时候,我们很多人可能对自己的未来没有一个清晰的目标,但受到家庭和周围人的一些影响,大致方向是有的。由于家里父母是做生意的,所以刘超波也一直希望自己能朝着这个方向发展。为了实现这个目标,他首先是决定报考管理类专业研究生,希望通过这个途径,可以慢慢接触到管理这个圈子,认识一些志同道合的人,为自己以后的事业做铺垫。虽然最后考研失败了,但在这个过程中学到的理论知识,为后来刘超波成立公司并带领它良好运营做了准备。毕业后他选择了在培训行业做销售,他认为自己在性格和社会阅历方面存在缺陷,希望通过销售的工作来锻炼自己;其次,培训课程的客户中会有一些商界成功人士,通过接触这些人,感受他们的状态,他相信这会对自己将来有一些帮助。

工作中

这样,在销售行业干了几年之后,刘超波决定转行。在和老同学的沟通交流中,他发现了跨境电商行业的价值,并毅然决定投身到这个行业中去,而且刘超波学长一开始的目标,就是要自己做。万事开头难,尤其是对于跨行业的创业者来说,问题就更多了。但他相信,有想法了,就必须要实施,行动力是非常重要的。于是他开始到各个公司应聘，从基层做起，慢慢学习积累经验，然后走到这个行业中去。在宁波镇海的一家跨境电商公司做了一段时间之后，掌握了基本操作的刘超波决定往更深的领域发展。他孤身前往深圳，进入了跨境电商界数一数二的深圳市通拓科技有限公司。相对于长三角来说，珠三角聚集了更多的大公司，跨境电商发展得更为成熟，公司的发展方式、格局等都大不一样。在通拓接受了专业化的培训以及对跨境电商有了更为深入的理解之后，刘超波于 2015 年 8 月回到了绍兴上虞，开始了自己的事业。从开始的每天一两笔单子到后来订单的逐渐增加，从开始家里的一个小房间到后来成立一个公司，中间历经的辛苦也是难以想象的。

从刘超波学长整个事业的发展来看，他最宝贵的品质，就是能够把自己的想法付诸实践。有了想法就去做，没有捷径就一步步走，不能直达就曲线救国，这也是他在采访中一直告诉我们的："就是干！有很多问题干了才知道。"这就是行动力的重要性。没有想法是不行的，但有了想法不去行动，最终也只是空想，这是我们这一趟采访所获得的最宝贵的财富。

工作是为了更好的生活

创业之路总是布满荆棘。刘超波学长一开始是在欧、美、日亚马逊平台上出售鞋子，由于一个人精力有限，他常常工作到很晚，甚至好几天不出门。后来，他开始同邮政洽谈运费折扣，开始找专人负责商品的包装，也开始装修自己的工作室，刘超波学长的跨境电商创业之路也渐渐走上正轨。当谈到对跨境电商行业的看法时，刘超波学长向我们罗列了它的很多优势，譬如不用去经营复杂的人际关系，竞争的核心就是商品的技术和质量，只管自己努力去做就好了。当然，每个行业都存在风险，跨境电商受金融市场的影响会比较大，例如 2016 年 6 月英镑、欧元暴跌，再加上税率的上涨，直接导致了利润的下降，但如果能够摸清局势，做好相应的准备，也能尽量减小损失。对于公司未来发展的规划，刘超波希望在商品种类上做一些突破，集中开发周边优势品类，除了自己运营的品牌，再顺势出售一些潮流商品，到一定的阶段后，可以寻求更多的合作伙伴。刘超波学长总结道：创业没有什么诀窍，就是自己要去尝试，失败不算什么，从失败中汲取教训，总结经验，比什么都不做好得多。

生活方面，刘超波学长表示，自己的事业还处在上升期，打算先将事业稳定下来再考虑婚姻。关于个人收入方面，刘超波学长向我们讲述了一段经历。

在他大一下学期的时候，家里人生病，为了筹钱治病而被高利贷骗走了很多积蓄，那时候的他一度想辍学，但还是坚持了下来。父母都老了，为了他们以后能够安享晚年，应该趁现在年轻，努力追求更高的经济保障和生活品质。

在公司门口留念

当提到爱好时，刘超波学长笑了笑，说自己就是一个实实在在的工作狂，每天要把事情都忙完后才休息。平时也没有什么特别的兴趣爱好，闲下来的时候会看看电影或者是与行业相关的书，在他看来，读书不仅可供我们了解知识，还能改变我们的逻辑思维方式，对我们自身的很多方面都会产生潜移默化的影响。所以，多看好书就对了。另外，如果时间充裕，刘超波学长会选择去旅游。他告诉我们，曾经有一段时间熬夜太厉害，发现自己的身体素质下降了许多，就决定给自己放个假，去旅游放松一下。后来发现不定期旅游这种方式特别好，不仅能放松心情，舒缓压力，还能开阔眼界，接触到不同的人和事，给自己带来不一样的灵感。现在

与同事在长城

刘超波也意识到了,身体是革命的本钱,创业这场战役,要有良好的体魄做后盾。

🌐 学长寄语

首先,要让自己成为一个强大的、拥有独立人格的个体,有尊严,有目标。其次,心无杂念地做一件事情,注重过程,不要想结果。再次,大丈夫不拘小节,不要让那些无意义的小事情影响到你,朝着大目标努力。最后,遇到挫折和失败时,要善于分析,总结自己的不足。改变别人难,所以要先改变自己。

🌐 采访后记

刘超波学长在采访过程中侃侃而谈,时而眉头紧锁,时而谈笑风生。从他坚定的眼神中,可以看出他是一个踏实勤恳的创业者,在自己的事业上很有想法,在自己的人生规划上也清楚明确。他工作专注严谨,生活积极向上,有目标,有追求,这是作为一个创业者最好的优点。最后,他和我们一一握手并祝福我们在未来的路上走向成功,这趟采访已经不仅仅是一次采访,而是我们在校生开阔视野、获取前辈经验的一场分享会。我们也相信,这样的刘超波即使在以后的创业途中再遇挫折,也定能迎难而上,朝着自己的目标昂首阔步。

积微成著,佐饔得尝

——访金田进出口有限公司总经理姜惠乐

文/图:徐宁 毛思语
指导老师:张跃

姜惠乐,浙江大学宁波理工学院国际经济与贸易专业2004届毕业生,现任金田进出口有限公司总经理。作为浙江大学宁波理工学院的第一届毕业生,姜惠乐先是通过校园招聘,进入宁波金田铜业(集团)股份有限公司实习,毕业后以正式员工身份在金田铜业工作,积微成著,成为金田铜业下属金田进出口公司总经理。姜惠乐认为"敏而好学、不耻下问"的态度是学习专业知识的基础,虚心求教和经验积累更是事业丰收的必要因素。帮助别人的同时,自己也能获得回馈,所谓赠人玫瑰,手留余香,这样可以形成工作上的良性发展。在拥有明确的未来规划以及强硬的专业知识的前提下博学笃志,更能够于专业领域获得巨大优势。个体差异是难免的,要学会换位思考,在体谅包容的状态下完成人际圈脉络的构建。必有容,德乃大;必有忍,事乃济。

🌐 初识印象

电话里清脆悦耳的声音可以算是我们与姜惠乐学姐的初次接触,然后,是我们看到,她俯身在职员身侧点击鼠标、指导工作的场景。恬静,大概是我们当时能找到的最符合她气质的词了。用这样一个词来形容一位中国500强企业下属进出口公司的总经理似乎有些不妥当,毕竟在我们看来,一位能成为总经理的女性必定是自信凌厉的,有如铿锵玫瑰。但这并不适用于姜惠乐,恬静是她内心积淀的外在表现形式,体现的是10余年外贸工作经历塑就的胸襟。

茅盾曾说:"我们这一辈人本来谁也不曾走过平坦的路,不过,摸索而碰壁,跌倒了又爬起,迂回而前进,这却各人有各人不同的经验。"

采访姜惠乐(右)

单证、出口、进口、大宗、期货、管理,初入社会的姜惠乐在进出口的各个基础领域摸爬滚打,本着一颗吸收经验不求物质回报的心,用三年的时间学到所谓"皮毛"。再后六年,终于能够了解公司整体的业务情况,娴熟地掌握业务的操作流程。再后三年,整个公司的运作、管理等各方面在她脑中成形。现在,她能够凭经验和对进出口的灵敏嗅觉,发现这个行业的一些机遇,甚至一些公司尚未涉及的项目来拓展业务,用一个人的力量去撬动公司经济杠杆,最后达到效益最大化。

🌐 非宁静无以致远

大三暑假便与金田铜业结缘,姜惠乐透露她是通过学校招聘会进入该公司的,她表示那时候对工资并没什么要求,能在一个单位学到新知识、新技能是她作为一个即将步入社会的大学生所需要的。一年的实习,收获颇丰,用她的话说就是"从上到下都学了个遍",基于对实习公司的良好印象,她毕业后便留了下来。姜惠乐坦言,当时是有机会自己创业成立外贸公司的,但经过权衡,她决定在这个有启蒙之缘的地方继续工作。

区别于频繁跳槽的同窗,踏实的姜惠乐始终坚持当年的选择,虽然刚开始的工作环境并不是非常理想,但她还是一步步从一名在电脑前按部就班的实习生成为在宽大办公桌后运筹帷幄的总经理。在这家公司已经 12 年,从头三年学到的皮毛,到后六年对业务的娴熟操作,再到这三年对行业的领悟。她说,或许跳槽能使一个人的工作经历看起来丰满,但行业经历不扎实,即使工作多年也会如同玻璃一样脆弱。所谓沉积,不是学习了浮于表面的事物,而是潜入行业内部,是以一种谦虚的心态去学习。

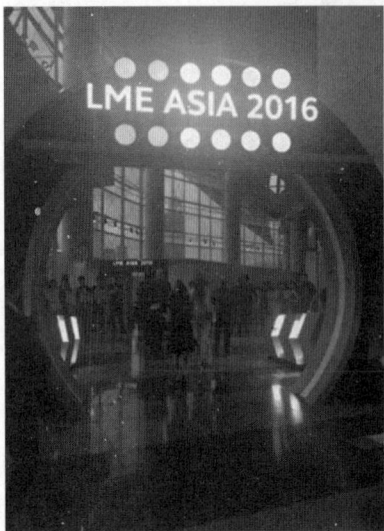

伦敦金属交易所亚洲年会

难道沉积只是时间的积累?不是。她说,身处外贸行业之中,当然不能把自己封闭起来。外贸是一个对性格有要求的专业领域,内敛是行不通的。由于需要接触不同的人,和很多的人打交道,怎样站在别人的立场上去想问题,怎样把事情做得更全面是一种必要的专业素养。

唯愿兼收并蓄

略有些严肃的采访过程中,姜惠乐还用诙谐的语调陈述了一件发生在大学中的趣事。她是学校的第一届学生,那时刚成立的宁波理工学院师资短缺,而当时学校在缺少音乐老师的情况下,又接到排演大合唱的任务。由于会弹钢琴,她便被同学推荐成为合唱指导人员。年轻的姜惠乐怀着一颗惴惴的心,面上却假装老沉,竟被误认为学校新来的音乐老师,从而认识了各个专业的同学,着实是段美好有趣的回忆。工作之后的姜惠乐曾经被邀请回母校举办一场就业经历小讲座,她接受了报酬并将其捐给了学院基金。

生活被工作所填满,家庭和事业在某些时候势必会产生碰撞。姜惠乐表示由于工作原因,频繁的出差在所难免,时常会冷落了家庭尤其是孩子,有时也会因为异地出差能与家庭旅行相结合而感到喜悦。她坦言,相比于奔赴各地为工作而忙碌,作为妻子以及母亲的自己,现在更多的是想挤出时间相伴于家人左右。

10余年专注于工作的姜惠乐必定有一些出众的品质，才能在新人层出不穷的进出口领域脱颖而出。她建议我们提前做出5年、10年甚至15年的计划，规划好自己未来的样子，包括组建家庭，孕育孩子，工作与生活的协调。谈起自己的性格，她说虽然自己更倾向于安安静静地宅在家中，但由于工作需要，在工作中她必须表现出自己活跃的一面，更多地与人交流，用开朗的心态去接待客户。提及自己平时的业余爱好，她稍微思索了一会儿，以一种略微活泼的语气表示自己在生活中乐于探索、学习新的事物，也有因为工作需要会去自学一些小语种，充实自己。羽毛球、乒乓球、台球也是她在工作学习之余热衷的娱乐活动。

自制蛋挞

匪报也，永以为好也

公司圣诞节装饰

　　谈到昔日大学生活，姜惠乐有些感慨。四年大学，和同学相处的时间远比与父母见面的时间长。从大学里的学习生活到现在的工作生活，十几年的感情积累，各个不同专业的朋友依然保持着联系。偶尔的求助，欣然地帮助，分享不只存在于同事之间，更留存在昔年同学间。

　　在进公司采访时，我们注意到整个公司的氛围非常融洽，姜惠乐正在帮助业务员处理问题。她欣慰地表示，现在的公司氛围极好，包容并且开放，老业务员能以坦诚的心态教授新入职员工工作方面的各种技巧与方法，对于可能出现的问题也能够尽早提醒，毕竟针尖对麦芒一样紧张的工作氛围并不是她乐于见到的。

而"分享"一词,大概是姜惠乐在聊办公室关系时提到最多的,她一直强调要学着去分享。新事物的掌握或许能为你在工作中领先别人一点,但随着时间的推移,别人也能学到这些新事物。那么,何不在别人无助的时候给予更多的分享呢?

🌐 学姐寄语

姜惠乐的经历令人惊叹,是什么为其工作能力做了铺垫呢?她在采访伊始便已告知:明确的未来规划。大学阶段,在学好专业知识的基础上,还需不断提升,不被专业所局限,拓展自己多方面的知识,珍惜大学时光,充分利用时间学习,以便在日后的工作中发挥优势。只有把扎实的专业理论与实际相结合,融会贯通,才能在往后的工作中运用自如。

姜惠乐表示,在校生可以适当活跃于学校的各类竞赛中,在与不同学院不同专业的同学的接触中产生信息交流,结识朋友,那样就能获得更多的信息量。更大的交友圈意味着更广泛的友情,大学期间的友情不掺杂利益,更经得起考验,可能在多年之后形成行业互补、资源共享,甚至在生活上提供帮助。除此之外,她特别强调了进入工作后尤其不能间断学习,工作需与学习密切结合。长时间不去学习会造成知识的枯竭,只有通过连续学习去巩固知识,才能做得更好。从刚开始做出口时的俄语,到现在的西班牙语,工作后的学习势必是在挤时间——下班后挤时间,周末时挤时间。

作为前辈的姜惠乐仔细询问了国际经济与贸易专业现有的专业课程,她说,除了掌握必学的专业知识外,拥有团队合作精神,掌握一些专业性质比较强的机械和图片类软件,比如 Error-prone、ACD See 等都是有必要的。对于国际经济与贸易专业的学生来说,所学知识领域的宽窄程度没有局限,完全在于自身定位。

🌐 采访后记

山,涵纳苍天古木,也收容遍野小草;孕育豺狼的凶吼,也滋护弱小的悲啸;或环抱双手,让流水变成湖泊,或裂开身躯,让瀑布倒挂前川——山静立着,以一种谦卑姿态。水,是张扬的智慧的追求,无此无彼,遇曲遇直,换来水的澎湃。

姜惠乐学姐仿佛是山和水的并行,灵魂在岁月的风沙中磨炼、轮回、遭遇,用清然恬静的嗓音将以"分享"和"沉积"两个醇厚的词贯穿的职业生涯经历一一道来。

逆风的方向更适合飞翔
——访宁波中策集团业务员朱迪涌

文/图：周欣　李园园
指导老师：张跃

朱迪涌，浙江大学宁波理工学院国际经济与贸易专业 2013 届毕业生，现为宁波中策集团业务员。"生活赋予我们一种巨大的和无限高贵的礼品，这就是青春：充满着力量，充满着期待、志愿，充满着求知和斗争的志向，充满着希望、信心的青春。"正如奥斯特洛夫斯基所说，没有奋斗过的青春就称不上闪耀。朱迪涌学长进入中策集团已有三年，从一个懵懂的职场新人，一路披荆斩棘，艰苦奋斗，终于成就了今天的自己。

初识印象

明黄色的灯光在昏暗的夜色中笼罩下来，我们在校门口的路灯下见到了朱迪涌学长，他和煦的笑容让我们紧张的心情变得平静，他看起来是那么平易近人。找了一个安静的地方坐下之后，便开始了我们的采访。他语气舒缓，娓娓道来。

因为年轻，所以没有选择

众所周知，社会上的人际关系远比校园中复杂得多。刚入社会的大学毕业生可能一下子对如何处理公司里的人际关系感到无所适从。朱迪涌学长也是如此，刚入公司时，常常会接到来自前辈们的一些额外的、琐碎的工作。开始的时候，他的内心会有些许抱怨，但后来渐渐发现做好这些看似微不足道的小事情，不仅能维护和同事们的关系，让自己更好地融入公司这个大家庭，还能在一定程度上提升自己的工作能力。这正是应证了一句话——吃亏是福。

同事之间的相处要注意把握好尺度，态度不卑不亢，言语不过激，保持好稳定的同事关系。同事不是私下的朋友，不必和每个人都无话不谈，也没必要对所有人都掏心掏肺，特别是私事，不打听别人的私事也不谈论自己的私事，注意公私分明，不要把自己的私人情绪带到工作中。同事之间相处难免会有摩擦，如果有言语或者行为上合不来的同事，也不要主动去捅破那层薄薄的窗户纸，不要把内心的不满写在脸上，因为

采访朱迪涌（右）

工作上的接触肯定是不可避免的，尴尬的关系对双方的影响都不好。

当然更重要的是懂得摆正自己的位置。大学毕业刚进入公司，大家都是从基层开始做起的，在这个竞争如此激烈的时代，最不缺的就是大学生，所以千万不要把自己看得太重要了。公司并不是非你不可，这个职位也并不是非你不可，老板需要的并不是你这个人，而是这个服务于公司的职位。如果妄自菲薄或是轻言放弃，公司大可以选择一个更优秀的人来填补这个空位，我们必须很清楚地意识到一件事：你可以做到的事情，别人同样也可以做到，甚至可以做得更好。如果我们没有恃才傲物的资本，那就要学会忍耐。

公司外景

因为年轻，所以一切还来得及

对于业务员来说，最重要的就是人脉，而人脉是需要常年日积月累的。一个新人不可能拥有庞大的人际圈子，这对于应届毕业生明显是一个劣势。朱迪涌学长说，那时候他每天都需要发上百封邮件去发掘潜在的客户，但这犹如大海捞针一般，上百封的邮件中能收到的回复屈指可数。

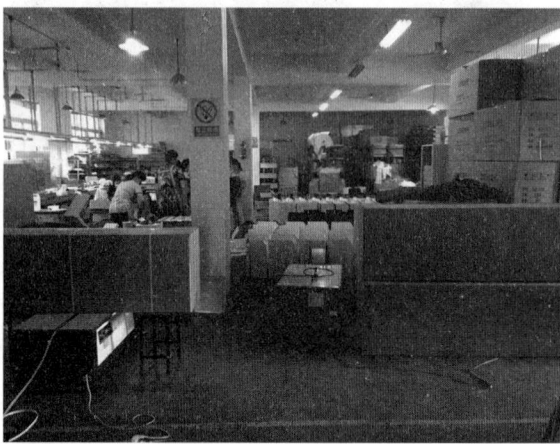

公司内部

每个人刚刚开始的时候肯定是对各种工作项目都不是很熟悉，一不小心就会出错，一个数字的偏差可能会直接导致产品类型不对，进而产生一系列的问题，领导可能会用比较严厉的语气来批评你。这时候我们首先要做的是承认错误，因为这确实是你自己的不认真导致的。学会反省和检讨自己，认真做好每一项工作，尽量确保不出错误，这不仅是在外贸行业，在每个行业都需要如此。

做外贸与其他行业最大的不同就是与各个贸易对象之间存在着不同的时差，要很好地把握对方的当地时间，选择对方合适的时间去进行沟通交流，与客户保持联系，维护好客户渠道，认真记录下客户的相关信息。与此同时，还需要了解对方所在地的人文地理环境、宗教信仰、风俗习惯、政治、法律、协议方面的具体内容，以及对方的企业文化，注重跨文化商务沟通方式，以便更好地交流，更高效地签订合同，为公司带来更高的利润，实现双赢，这是一个优秀的业务员所必备的工作能力。

因为年轻，所以不能认命

朱迪涌学长所在的公司提供了不少培训和教育机会，每次他都会积极主动地去参加，这些活动对增长见识、提升自己有相当大的益处。学长认为，在大学的时候，不仅要学书本上的知识，更重要的是要学会如何去学习，提高自主学习的能力，并抓住社会实践的机会。正所谓"纸上得来终觉浅，绝知此事要躬行"，只有学会如何学习，才能在工作中不断摸索，不断进步。

技术方面的教育可以很好地提升自己的工作能力；企业文化方面的培训也可以增强同事间的向心力、凝聚力，如果有企业或者部门组织的碰面会、联谊会就多去参加，一定程度上可以扩大自己的交友圈子。

学长寄语

亲爱的学弟学妹们：

你们现在自己做一份职业规划是很有必要的，想想看你需要的是什么，想要的是什么，你现在又在做什么。每个人都是有了自己的目标，才会离成功越来越近的，如果连目标都没有，我们何谈成功呢？

请牢记把眼光放低一点，现在的大学生太多了，僧多肉少的情况下，你们必须要明白这个岗位没了你还可以找别人，比你有能力的人有很多。学会谦虚，学会忍让，学会一步一个脚印，一步步往上走。

还有需要注意的便是工作中的人际关系处理。也许你们现在还是保持着天真，说话直来直去，但到了工作中，你的同事也许会因为你一句开玩笑的话而生闷气，由此疏远了同事关系，上下级关系也是如此。

当然，现在的你们最需要的是学习，为自己的青春添一道睿智之光，切莫虚度了四年韶华；为自己的梦想插上一双有力的翅膀，让未来的自己能飞得自在优雅。

采访后记

　　大学生应当珍惜时间,珍惜来之不易的学习机会,努力掌握专业知识和技能,多参加一些社会实践积累经验,以适应现代社会发展对大学生的要求,增强沟通能力,建立良好的交际圈去积极适应社会,主动迎接挑战。

　　自己的人生规划要灵活,根据环境与自身的变化做不定期的细微调整,以使其更适合自己的发展,从而更好地执行计划。另外,我们需要从现在起,在对自己的职业生涯进行规划的基础上,多了解相关知识,培养相关方面的能力,要知道机会总是留给有准备的人,你只有有所准备,才能把握住机会。相信我们会有一个美好的未来!

"忧郁症"与"偏执狂"的前行

——访宁波市鄞州捷飞电子科技有限公司 CEO 赵佑飞

文/图：缪茂宣

指导老师：张跃

　　赵佑飞，浙江大学宁波理工学院国际经济与贸易专业 2016 届毕业生，一名创业者，现任宁波市鄞州捷飞电子科技有限公司 CEO。赵佑飞从小受到父母创业的影响，在大学毕业之后，他辞去了月薪过万的实习工作，创立了捷飞电子科技有限公司。2015 年 10 月，他的团队研发出第一代校园卡手环，然而由于市场调查不充分，第一代无论在外观还是功能上都与自己理想中的产品不符合，6 万元经费投资失败。在第一次研发失败的经验之上，他们进行了深入的市场调研与长达七个月的设计研发，后续投入 18 万元，最终推出一款时尚又实用的校园版智能手环。赵佑飞认为，生活情怀的重要性要远远超过金钱与利益，创业也是如此，正是在创业过程中享受到的为自己所热爱的事努力的感觉以及学到的东西，给他的生活带来了一次又一次的激情。

🌐 初识印象

　　走进咖啡馆，面带微笑的赵佑飞含蓄地向我打了个招呼，给人一种文质彬彬的感觉。

　　"人不是为失败而生的，一个人可以被毁灭，但不能被打败。"赵佑飞的家庭理念中便贯彻着这种精神。1993 年，赵佑飞出生于江西省。他的父亲白手起家，开了一家修理厂和一家砖窑厂，生活还算小康，但是分家后他父亲就将这两个厂给了自己的两个弟弟。2000 年，父亲带着一家人负债 10 万元搬到了杭州，又独自一人做起了不锈钢设备的生意，起初生意一直没什么起色，但是在父亲不懈的努力下,经济条件逐渐改善。父亲这种不放弃的精神在潜移默化中影响着赵佑飞,让他学会了坚持做事,从而踏出了创业的第一步,并且一直坚持着。

采访赵佑飞

漫漫创业路

赵佑飞拿起杯子轻轻喝了一口水,开始讲述他的创业历程。他皱了皱眉头,缓缓说道:"其实并不是想去创业,只是想去解决一个问题。"

2015 年 7 月,当时他在合创优待实习,由于能力出众,第一个月他便拿到了 16000 元。实习期从 7 月到 9 月,其间遇到的最大问题就是经常忘带校园卡,实习地方很远,回来的时候基本是晚上 8 点多或 9 点多。有时甚至会到 11 点多,因为学校有门禁制度,所以被关在外面也是家常便饭。暑假里学校里少有人出入,所以他经常在外面一蹲就是一两个小时。他又回忆起大一大二经常丢校园卡的经历,买完饭却发现忘带校园卡而只能拿着餐盘左顾右盼,这点点滴滴的麻烦令他萌生了创业想法——校园卡手环。9 月,升上大四的赵佑飞辞去了实习工作,开始专心于创业。赵佑飞认为他不是刻意去创业,而只是想解决经常忘带校园卡的问题,然而在解决这个问题之后,又碰到一连串的问题。

当谈到第一代产品投入 6 万元却惨遭失败时，他表现出了隐隐的可惜之情，当时因为资金的事情，他几乎夜夜不能眠，脑子里想的都是为什么会失败，他觉得自己当时就像个忧郁症患者，陷入了自我否定的怪圈。但他并没有想过退却，而是总结了经验教训，准备第二代手环的研发。赵佑飞认为第一代产品失败的原因在于产品的生产与理想不符合，以及产品是在深圳做的，地理和报价上都存在不合理因素。第二代产品他们找到了宁波魅形智能科技有限公司做设计，并且功能外观方面也做了更多的改善。

为了敲定最终的产品设计推广，他在两个月中走遍了宁波大大小小的创业平台。在"无中生有"咖啡店的"拍砖"经历便是对自己创业很有帮助的一次体验。在那里凡是手头有项目的人都可以上去讲，然后下面的人给你提问题，如果能解决，那么你的项目就是成功的，如果解决不了，这块"砖"就拍到你脸上了。他沉默了片刻，笑呵呵地说道："那时候其实被拍得挺惨。"当时的他对于商业模式、盈利模式其实还很懵懂，当大家问到如果小米手环也添加校园卡功能，那样该如何应对竞争时，他也不能给出很好的回答，但是他的想法并没有动摇，这些问题给予了他更广阔的思路。而现在他也自豪地说他当时的想法是正确的，小米不可能去做这件事，他认为小米的业务本身就很庞大，比如有家用电器、电脑、手机等等，所以小米不可能再进一步细分市场。

团队合影

在这期间,他通过市场调研分析后确定了产品功能、定价等内容,终于在2015年12月成功研制出第二代手环,这也是赵佑飞团队历经三个月奔波的成果。

说到团队,赵佑飞哈哈大笑了几声,有些意犹未尽地说道:"当然是最喜欢《海贼王》中那样的团队啊!"成员之间相互牵挂的情感以及默契的配合是最吸引赵佑飞的地方,《海贼王》中每个人都能够独当一面,在他眼中自己团队的成员虽然在同龄人中已经十分优秀,但是与社会上的精英人士相比还是有些差距。或许在未来他们身上某些素质能够使他们成为社会精英,但是现在他们还是太过于年轻,不能独当一面。其次,他也想要邀请善于处理人际关系的人来做推销,然而团队中大多数人对这块都不是特别感兴趣,所以目前还在不断寻找中。他相信通过不断的努力,他梦想中的团队终有一日会聚齐伙伴。

他也说起了未来的发展,考虑到市场的因素,第二代手环除了添加校园卡功能以外,将会添加好友定位功能,还可以用来寻找周边校园活动、优惠打折等信息,并且会着手准备与宁波各个高校的合作。

"吾将上下而求索"

点进赵佑飞的微信朋友圈就可以看到"路漫漫其修远兮,吾将上下而求索"这句话,这也是他生活态度的一个真实写照。他说,看到自己的产品在市场上得到推广,是一件很欣慰的事情。就好比看到自己的孩子一点点成长起来,是一件很欣慰的事情。对此,他也认为自己有点不符合创业者心理,如果是真正的创业者的话,他们的利益性很强,所有事情就会冲着这个项目的利益最大化去,但是他并不是一个纯粹追求利益的人。

他曾有些感叹地表示自己自创业以来便是"忧郁症"和"偏执狂"的综合体。"忧郁"的原因就是创业要求你知识方面要强,交际能力要强,心理承受能力要强。他经常会想这件事怎么去做,怎么做效果最好,万一失败了怎么去应对。对于"偏执"的理解,他认为就是你明明知道前面是座大山,你明知道这堵墙撞不过去,你也明知道自身能力不够,你也知道团队拥有资源很有限,但是你就是想做这么一件事情,处于一个偏执状态。但他认为这样的人才能创业成功。

高三暑假他从成都骑自行车到拉萨,2530公里,用了一个多月时间,其实那时候想去做这件事情的原因很简单,就是高中的时候一直想去拉萨。上路后第一个星期就已经有一半人回去了,他们已经受不了了,然后到了第二个星期结束的时候,基本上只剩下三分之一的人。如果身体上没有受到影响,这三分之一的人基本上都能坚持下来。但是坚持下来又分很多种,路上搭车或是全程骑下来。他是全程骑下来的,没有搭过一次车。

他认为自己是个完美主义者,做事做到一半不想放弃,更不想掺杂半点杂质。对此他也认为自己的性格不像一般的创业者,他认为一个创业者应该是随机应变的,是一个很纯粹的经济人。即便如此,他对于自己想做的事情,还是会做到一如既往的坚持。

采访后记

在此次采访后,我对创业有了更深刻的了解,对社会有了初步的了解。创业是个艰辛的过程,需要巨大的资金和人力投入,需要一步步去努力,也需要强大的心理承受能力。赵佑飞学长教会我做事不能半途而废,努力去把事情做到最好,做到自己满意为止。他通过自己创业的故事告诉我们创业需要能力,需要具备把控能力、销售能力、技术能力;创业也需要方向,需要确定这件事情是否正确,市场能不能接受。最后,我十分赞赏赵佑飞学长那种不做百分之百经济人的观点,现在的社会确实需要这样的人,这样社会才会充满人情味。

未来会是学霸的世界

——访慈溪大洋贸易有限公司总裁办副主任胡莲

文/图：张佳燕　蒋文蔚

指导老师：张跃

　　胡莲，浙江大学宁波理工学院国际经济与贸易专业 2014 届毕业生，现任慈溪大洋贸易有限公司总裁办副主任。初入职场，她敢作敢为的性格深受领导赏识，在五个月后成功升职进入综合管理处；经过一年的拼搏，胡莲学姐依靠自己出众的能力脱颖而出，成为行政副总监。但她并不止步于此，她明白只有不断攀爬，才能看到更远处的天地。功夫不负有心人，胡莲学姐成功晋升为慈溪大洋贸易有限公司总裁办副主任。一路走来，学姐始终保持着谦虚好学的心态，她说："无论我们处于哪一个阶段，无论现状如何，我们都要懂得学习。学习专业知识，学习工作方法，培养创新能力。这样自身才能不断地成长，总有一天会到达我们梦想的彼岸。"她相信，未来的世界会是学霸的世界，懂得学习的人才能站在世界的最高处！

基础与成长

　　初识学姐，她的开朗就深深地感染着我们，她脸上始终带着微笑，消除了我们的拘谨与紧张。谈到她自己的经历，她反而腼腆地笑了。她告诉我们，在大学四年中，她积极参加了学生会等组织。自己能走到现在很重要的一点就是耐心与细心，这或许要归功于她大一时的经历。在大一任部门干事时，她认真完成部长分配下来的任务，这必须要细心且耐心，两者缺一不可。刚开始她也有抱怨，但是本着一颗责任心，经过一段时间的锻炼，她总是能够完美地解决所有工作。后来到了大二换届，因着踏实肯干、积极向上的态度，她顺利晋升为部长。接任的那一刻，她深知自己责任重大，不敢有丝毫懈怠。她看着我们满眼笑意地说："一看见你们，就有一种看见当年的小干事的感觉，特别的亲近可爱。"

在部门的日常工作中，她能够妥善地将繁杂的工作安排给部门里每一个人，使工作开展得井然有序。学生工作中大大小小的经历使她发现了自己耐心、细心的优点，又锻炼了自己的沟通能力、组织能力、策划能力和应变能力，这为如今在工作岗位上解决复杂的事情打下了坚实的基础。

关于学习，学姐说学习不是一朝一夕的事，千里之行，始于足下，我们应当脚踏实地、态度端正地去学习，使用全面、广泛的专业知识来应对工作中遇到的各种各样的困难。胡莲学姐非常庆幸当初的自己没有挥霍时间，没有消磨度日。学习不仅让她获得了优异的成绩，更让她掌握了丰富的专业知识，培养了较强的分析能力。

🌐 抱负与机遇

"人如果没有梦想，那和咸鱼有什么区别"，我们一定要有梦想，对自己的未来要有目标，有规划。大学时代的胡莲学姐在学好自己专业知识的同时，还通过自学，考取各类证书，这些证书不仅仅是她学习能力的体现，更是她学习态度的证明。而学生工作在丰富她的课余生活的同时，更使她学到了如何与人交流，如何管理，以及如何安排工作内容。大学的生活使她成长，成长为一个更好的自己。

学姐凭借着自己的专业知识与交流能力在面试中脱颖而出，被公司录取。进入公司后，她认真对待每一项工作，追求效率与质量的并存。公司经常会有针对员

公司内部

工的综合素质培训，在培训中她从不敷衍了事，用心地做好笔记，归纳整理，吸收知识，增强自身的综合素质。终于凭借自己不懈的努力，她在五个月后

成功进入综合管理处。除了常规工作之外,她还要做好交流传达等各方面的事务,这对于进入职场不久的她还是具有一定挑战性的。尽管有着不错的组织能力以及专业能力,行政管理中心、法务合规中心、内控审计中心等分支部门的协调还是使得学姐有些力不从心,但是学姐非常乐观,她深知前路不会是一帆风顺,经历过风雨的人生才会有绚丽的彩虹,与其怨天尤人不如静下心来思考怎么解决眼前的难题。如今回想起来,那坎坷的一年反而是她收获最多的一年。学姐告诉我们,千万不要怕遇到困难,要勇于面对挑战,只有坚韧不言弃,才能迎来暴风雨后那束格外明媚的阳光。

一年后学姐再次升职成为行政副总监,这或许与她曾经就读的专业走得越来越远,但是国际经济与贸易专业中学到的交流技巧以及专业分析方法为她走到现在的位置提供了莫大的帮助,在大学中学到的学习方法使她受用一生,尤其是创新思维。在任职期间,受到创新思维的启发,胡莲学姐带领其中一个分支部门使公司的一个新系统上线,给公司带来巨大的效益,而她也引起了领导的注意。这成了她工作中的一座里程碑。

公司内部

前不久,学姐刚刚升职成为总裁办副主任。这又是一段新的路程,前路如何还是一个未知数,但是学姐却是充满了期待,她告诉我们,不管怎么样都不要对未来畏惧和害怕,未来的路是我们自己走出来的。自信的人走出来的路是光明宽阔的,我们只要抱着一颗勇敢努力的心不停向前,总会收获我们想要的未来!

家庭与生活

毕业后的第二年,胡莲学姐就与大学里相恋的男友回到宁波慈溪老家结了婚,组建了一个温馨的小家庭。春来看窗外一树梨花,一起侍弄发芽的盆栽。秋临她为他亲手织一件厚实的毛衣,而他会买她最爱吃的浆果,细心洗好放在她的手边。日子过得安稳而幸福,说到这里,学姐嘴角扬起的弧度真的很迷人。

在 2016 年 2 月 24 日凌晨,胡莲学姐顺利产下一子,迎来了家庭的新成员。从此,学姐成了一个母亲,孩子与本就繁忙的工作把学姐的时间占得满满当当。现在的她很少有时间给自己放假。好在小孩非常讨人喜欢又健康活泼,采访的时候很乖巧,学姐说再辛苦,看见宝宝的笑脸就觉得什么都值得了。

旅游中

胡莲学姐的丈夫是金融专业毕业,与国际经济与贸易专业可以说是非常相近的,所以她与丈夫在专业上的沟通也非常密切,他们经常一起分享工作中的点点滴滴和自己学到的东西。现在一家三口居住在老家慈溪,每逢周末他们都会带上孩子去父母家吃吃饭聊聊天,陪伴父母,天气宜人的时候还会带上父母去周边游玩。毕业后的几年,他们每年都会挑一个风景如画的地方留下他们的足迹,记录各种幸福的瞬间。胡莲学姐就像是一颗小太阳,时刻散发着温暖与正能量。

🌐 学姐寄语

仍在学校的我们一定要把握好这四年时光,学习是我们一生中都不可或缺的一部分,它是一个日积月累的过程。不积跬步,无以至千里;不积小流,无以成江海。

　　而我们在要求自己学业上的优秀的同时，也要积极参加活动来锻炼自己的各种能力，通过活动提高我们的沟通能力、组织能力、策划能力和应变能力。在高速发展的社会中，只有全面发展的人才能站稳脚跟。另外，还要学会如何协调活动与学习时间的平衡。只有找到工作与学习的平衡点，我们才能将有限的时间充分利用，以此发挥自己和超越自己，而这些技能的学习也正是受益终身的。

采访后记

　　我们相信，年轻没有失败。在这春天一般的年纪，要锻炼自己的忍耐力和坚韧的品质，去蓬勃地发芽成长。

　　我们一路走来，总会经历或喜或悲的故事。每一段故事经历过洗礼都会变成独特的滋味，藏在岁月的痕迹中。只要我们坚持迎着那些风雨大步地往前走，相信很久以后当我们翻开时光的记录，我们不再年轻的脸上会因为曾经的那些喜悦、悲伤、收获、遗失浮现出无悔的笑容。